殿様行列

人撃ち稼業㊁

井原忠政

時代小説文庫

角川春樹事務所

序章　罪と罰

「あんた一体全体、どこでなにをしているの？　なにをさせられているの？」

涙声で女房が質《ただ》し、玄蔵《げんぞう》の小袖《こそで》の襟をギュッと掴《つか》んだ。

「子供の前で泣くな。馬鹿な奴《やつ》だ……ハハハ、大したことじゃねェさ」

精一杯に無理をして、わざと伝法《でんぽう》な言葉で返した。ただ頭の中では、この場を言いのがれる「過不足ない嘘《うそ》」「女房子供を安心させうる嘘」を懸命に探っていたのだ。

「く、熊胆《くまのい》だ……そう、熊胆だよ」

嘘をついた。大切な女に嘘をついた。少しだけ舌がもつれた。

「お武家たちは、熊胆で一もうけを企《たくら》んでやがるのさ。へへ、当節お武家も内所《ないしょ》が苦しいらしいや」

「熊胆とあんたと、どういう関係があるのよ？」

「だから、獲《と》った熊の解体《ほぐ》し方とか、乾かし方とか……色々と俺《おれ》が教えてる」

「この江戸で？　熊が獲れるの？」

「勿論《もちろん》獲れる。いくど教えても素人《しろうと》は下手糞《へたくそ》でよ、見てられねェ、ハハハ」

嘘を糊塗《こと》するために、さらなる嘘を重ねる。

「でも、熊胆の作り方を教えるぐらいなら、私たちまで、こうして囚《とら》われるはずがない。私の信仰のことで、あんたを脅《おど》してまで熊胆の師範をやらせてるなんて、信じられない」

異教のデウスを信仰する美しい妻が、亭主の胸にすがりついた。

「や、それは……」

困ってうつむくと、下から不安げに見上げる二人の子供と目が合った。瞬間、不覚にも涙がにじんできた。

家族四人は、揺れる灯明の中で抱き合い、団子のように身を寄せ合っていた。

玄蔵も希和《きわ》も、幼い誠吉《せいきち》もお絹《きぬ》も——家族四人は只々《ただただ》涙を流すだけで、誰《だれ》も声を上げて泣こうとはしなかった。もし可能ならば、大声を張り上げて泣き、不条理を天に訴えたかったが、周囲の状況からすれば、感情をあらわにすることははばかられた。

広大な大名家下屋敷の中に立つ、林の中の一軒家だ。

希和と子供たちは、女忍《くのいち》と二人の厳《いか》つい武士に交代で見張られていた。彼らとの会話は禁じられており、家から出るには厳しい制限が付いた。つまりここは、事実上の牢獄《ろうごく》なのだ。

今宵《こよい》こそ、二ヶ月《ふたつき》ぶりで家族は再会できたが、それも長くは続かない。四半刻《しはんとき》（約三十分）ほど経《た》ち、フクロウの声が聞こえたら、玄蔵は家族と別れねばならない。練塀の切戸をくぐり、隣屋敷の池の畔《ほとり》に立つ隠居屋へと戻らねばならないのだ。

「本当のことを教えて！」

「だから熊胆が……」

もう嘘も限界だ。言葉が出ずに、しばらく黙っていた。

（まさか、お武家から命じられるままに「鉄砲で人を撃っている」とも言えん）

「勘弁してくれ。もうこれ以上は話せねェ。話すことで、子供たちまでを危険にさらすことになりかねない」

「そんなこと言われても……余計、心配になってしまいますよ」

大人の手が二つ、小さな手が四つ、玄蔵の体に張り付いている。

玄蔵には、妻と二人の愛児の背中を優しく叩《たた》くことしかできなかった。そのましばらく押し黙っていたが、やがて――

「そうだ。希和、お前に一つ訊《たず》ねたいことがある」

「なに？　なんですか？」

妻の顔がわずかに輝いた。頼み事をされて、むしろ喜んでいる風情《ふぜい》だ。相手の力になることが、自分の喜びとなる。玄蔵は良い伴侶《はんりよ》に恵まれた果報を、己が神仏に深く感謝した。

「人ってよォ、誰もが罪深いものなんだろ?」

「それ、私の信仰のことで訊《き》いてるの?」

「ああ、そうだ。伴天連《バテレン》の教えについて訊ねてる」

「なら言うけど。人は誰も、元々罪を背負って生まれてくると、教えにあります」

「つまり、この子たちも罪人かい?」

と、父親に抱き着いて離れない誠吉とお絹を指して訊いた。

「生まれながらに背負った罪があるんですよ」

希和はそう言って、お絹の頭を優しく慈しむように撫《な》でた。

「だからこそ、生きている間は悪行を慎み、善行を積んで、死んだらデウス様に会って赦《ゆる》しを乞《こ》うの」

「じゃよォ、さらなる悪行を積んだら神様はよほど怒るんだろうなァ。借金に借金を重ねるようなもんだものなァ」

腕利きの熊撃ち猟師が、肩を落とした。

「でもね……」

十一年前までは肥前国平戸《ひぜんのくにひらど》で「隠れ切支丹《きりしたん》」として暮らしていた妻は、慎重に言葉を選びつつ話を継いだ。

「神様の裁きは、人が定める法度とは違う。人の目からは悪行に見えても、神様の目からは善行に見えることだってあると思うのよ」

「俺らは、そこをどうやって見分けりゃいいんだい？」

「そりゃ、分からないけど……人が生きて、一つも罪を起こさないことなんて無理。大事なことは犯した罪を憎み、悔い改め、許しを請うことだと思う。そうすれば、デウス様はきっと許してくれるから」

「罪を憎み、反省するんだな……でも、難しそうだァ」

「平戸の口伝《くでん》では、三太丸屋《さんたまるや》という女の人が、デウス様に取りなしてくれるから心配ないって」

「さんたまるや様だな、覚えとくよ」

（人を撃ち殺すのは……こりゃ、人の目からも、神の目からも、どう見ても悪行だ。でも俺ァその行為を心から憎んでる。その通りだ。誰が人を殺して嬉《うれ》しいもんかい。希和の言葉のとおりなら、俺にも悔い改める機会が巡ってくるのかも知れないな。諦《あきら》

めるのはまだ早いわ）

玄蔵の心は少し軽くなった。

（大体よォ）

ここでフト、ある考えが玄蔵の脳裏に浮かんだ。

（大昔の徳川家康《とくがわいえやす》さんは、大勢殺させてるよなァ。手前ェ《てめ》が親分になってデカイ面をするためだァ。それでも神君とか言われて拝まれてる。豊臣秀吉《とよとみひでよし》さんだって、鎌倉《かまくら》の頼朝《よりとも》さんだって似たようなもんだ。デウスを信仰する伴天連の国にも、当然王や将軍はいるんだろうが、奴らも偉くなるためには相当殺してるはずだわなァ。ならば、奴ら全員地獄行きか、って話だよなァ。地獄は英雄豪傑であふれちまうぜ）

少なくとも、玄蔵は自分のため、私利私欲のために人は殺さない。殺人を憎んでいる。自分は、現在この腕に抱いている三人の命を守るためにのみ人を撃つのだ。

（俺の罪の方が、家康様よりは幾分軽いような……）

ホウホウ。ホウホウホウホウ。

おそらくは女忍の千代《ちよ》の声だ。フクロウの声を真似《まね》して呼んでいる。名残りは惜しいが、ここで遅れれば、こうして家族を会わせてくれた千代の情誼《じょうぎ》を仇《あだ》で返すことにもなりかねない。

「もう、行かなきゃ」

「あんた……」

「お父《と》う……」

縋《すが》りつく六つの手を「済まねェ」と幾度も繰り返しながら引き剝《は》がし、玄蔵は立ち上がった。

人撃ち稼業 二

殿様行列

主な登場人物

玄蔵《げんぞう》
希和《きわ》
是枝良庵《これえだりょうあん》
千波開源《せんばかいげん》
平戸屋佐久衛門《ひらどやさくえもん》
多羅尾官兵衛《たらおかんべえ》
鳥居耀蔵《とりいようぞう》
千代《ちよ》

丹沢《たんざわ》の猟師。熊や猪《いのしし》を一発で倒す鉄砲《てっぽう》名人。
玄蔵の妻。平戸《ひらど》出身で元は廻船問屋《かいせんどいや》平戸屋の女中。
少壮の蘭学者。多羅尾の知恵袋。
巨漢の似顔絵師。絵筆の腕は折り紙つき。
外神田の廻船問屋の主人。銃器の調達人。希和の元雇《やと》い主。
御公儀徒目付《ごこうぎかちめつけ》。鳥居耀蔵配下。
御公儀目付《めつけ》。筆頭老中水野忠邦《みずのただくに》の腹心。
江戸での玄蔵の身の回りの世話役。

目次

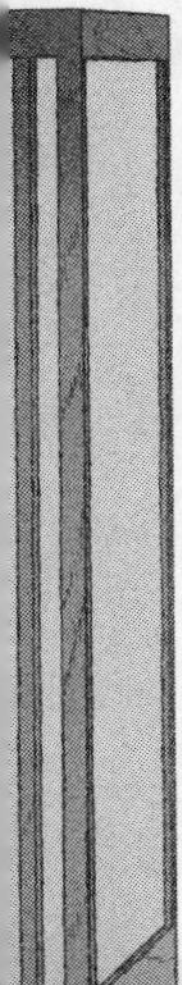

第一章　薄化粧

一

「標的が馬でくるなら、それはそれで好都合にござろうよ」

軍師役の是枝良庵《これえだりようあん》は喋《しゃべ》りながらやや首を傾《かし》げ、盛んに掌《てのひら》で髪を撫《な》で付けた。

なまじの優男であるから、その仕草も人によっては「艶《なま》めかしく」映るのだろうが、玄蔵はそれと知られぬ程度に顔をしかめ、眉間《みけん》にしわを寄せた。

付き合いが二ケ月《ふたつき》に及び、互いのことも徐々に分かってきている。この少壮の学者が、仕事仲間としては誠実かつ有能、然程《さほど》に嫌味な男でないことは明らかだった。ただ、生粋の山育ちである玄蔵の目から見れば「なよなよしている」「男のくせに」との偏見や違和感がなくもない。

良庵と玄蔵、多羅尾官兵衛《たらおかんべえ》と千波開源《せんばかいげん》、それに千代の五人が囲炉裏《いろり》を囲んでいた。

場所は、渋谷《しぶや》は松濤《しょうとう》屋敷の庭に立つ隠居屋の板の間である。清水が湧出《ゆうしゅつ》する池の畔《ほとり》にあり、鬱蒼《うつそう》とした木々に囲まれた様は、山里の感が強い。

天保《てんぽう》十二年（一八四一）二月二十八日は、新暦に直すと四月の十九日に当たる。もう大分暖かく、囲炉裏の火は、暖を取るためというよりも、むしろ湯を沸かす目的で燃やされていた。

髪を撫で付ける手を止めて、良庵が言葉を続けた。

「標的が駕籠《かご》の中では、いくら凄腕《すごうで》の玄蔵さんでも、狙《ねら》い撃てるものではないでござろうから」

その点、馬での移動なら、標的は剥《む》き出しだから狙撃《そげき》もし易《やす》い。

「そらそうだな」

一味の頭目を務める多羅尾が、湯呑《ゆのみ》に注《つ》がれた白湯《さゆ》をフーフーと吹いて冷まし、グビリと飲んでから良庵に同意した。

「お城への往《い》き帰りに撃つのかい？」

「当然、そうなるだろうなァ」

似顔絵師の開源の問いかけに、多羅尾が頷《うなず》いた。

「でもよォ、街の中で殺《や》ることになるぜ」

巨漢の開源が身を乗り出し、声を潜《ひそ》めた。少し呂律《ろれつ》の回りがよくない。知恵は人並みなのだが、喋り方がかったるい分、大きな体軀《たいく》と相俟《あいま》って少々阿呆《あほう》に見える。ただ、絵筆の腕は折り紙つきだ。

「確かに……さぞや、大騒ぎになるだろうなァ」

困惑顔の多羅尾が、掌で顔をペロンと撫でた。彼は正真正銘の幕府徒目付《かちめつけ》だ。上役である目付《めつけ》の鳥居耀蔵《とりいようぞう》の命を受け、狙撃一味を率いている。熊《くま》のようにゴツイ体軀をしているが、その実状は、根っからの小役人気質である。

今は天保年間だから、もう随分と前のことになるが——寛永《かんえい》十二年（一六三五）、三代将軍徳川家光《いえみつ》は武家《ぶけ》諸法度《しょはっと》を改正した。世に寛永令と呼ばれる法典である。寛永令は十九の条項からなり、その第十一条で「乗輿《じょうよ》の可否」が具体的に提示されていた。つまり「駕籠《こし》や輿に乗ることが許される者」を列挙したのである。二代将軍徳川秀忠《ひでただ》が発布した元和令《げんなれい》では、ざっくりと「身分の低い者は、ほしいままに輿や駕籠に乗ってはならない」とだけ記されていたから、その曖昧《あいまい》さを正したということだ。

寛永令に曰《いわ》く——

徳川一門。藩主。城主。所領一万石以上の武家。

国持大名の息子。城主および侍従以上の嫡男。

五十歳以上の高齢者。

医者。陰陽師《おんみようじ》。病人。許可を受けた者。

それ以外の者は輿や駕籠に乗ってはならない。

ただし、公家《くげ》、僧侶《そうりよ》などの内、身分の高い者は例外とする。

諸藩の領内においては、それぞれ基準を定めること。

——問題は、旗本衆の扱いだ。

歴々たる直参《じきさん》、別《わ》けても大身《たいしん》と呼ばれる三千石以上、一万石未満の旗本たちは収まらない。徳川全体を見ても、大身旗本は三百人前後しかおらず、気分の上では「小大名とは格の上では五分」と自負してきた人々だ。その彼らが、駕籠や輿に乗ることを幕府からあからさまに禁じられたのだ。登城を含めて騎馬で移動するか、自分の足で歩くしかない。

「徳川は、誰《だれ》のお陰で天下を獲《と》れたと思うとるか」

「我らと大名どもとの間で、一線を画するということか」

と、寛永令が発布された当時、まだ戦国の気風を色濃く残していた旗本たちは、大いに憤慨激高したと聞く。

ただ、その時代から二百年余が経《た》ち、荒ぶる旗本たちも泰平に慣れた。戦国の気風など今や昔の価値観である。幕府に面と向かって文句を言えるほどの、気骨のある旗本など寡聞にしてきいた覚えがない。

旗本が大人しくなるに連れ、彼らを律する武家諸法度の運用も相対化した。昨今は千石、二千石級の旗本でもなんのかんのと理由を見つけて駕籠に乗るし、幕府がそれに目くじらを立てることも滅多にない。

「ところが、我らの今回の標的は変人にござってな。駕籠を嫌い、敢《あ》えて毎朝馬で登城するのでござるよ」

「冬でも？」

珍しく千代が質《ただ》した。

「然様《さよう》、春夏秋冬、いつでも馬にござる」

「よほど若いんだろう？　元気が余ってるんだ」

「四十少し前にござる」

「……へ、変人だな」

開源が呆《あき》れたように笑った。

「ま、仕事がし易くなるのは有難いじゃないか。良い風が吹いている内に、さっさと片付けちまおうや」

そう言って多羅尾が白湯を飲み干した。

玄蔵一人が話に加わらず、開源が描《か》いた「標的の似顔絵」を真剣に眺めている。巧妙に標的の特徴を捉《とら》えて描かれた墨絵で、薄く淡彩が施されていた。

「玄蔵さん、なんぞ気がかりでもあるのですか？」

千代が声をかけてきた。無地にも見える鼠《ねず》の江戸小紋《えどこもん》に、濃い臙脂《えんじ》の帯を締めており、玄人《くろうと》風の優美さが際立っている。

「や、別にどうってこたァないが……」

と、一応猟師は答えたが、本音では気がかりなことが幾らもある。今後家族はどうなる？　鈴ケ森《すずもり》で振り向いた同心は、玄蔵の顔を見たのだろうか？　そして次の殺しの標的だ。

「ただ、この人を俺《おれ》が撃つのかと思うと……ちょっとね」

と、似顔絵の顔を指先で叩《たた》き、溜息《ためいき》を漏らした。

「ちょっとなんだ？」

多羅尾が聞き咎《とが》め、玄蔵を睨《にら》んで語気強く糺《ただ》した。

「お前は、余計なことを考えないでいい。標的はその似顔絵の男で、その男は悪人で、お前は世のため人のために、そいつを撃つ」

と、一気にまくし立て、さらに続けた。

「それだけでいい。つまらん考えに捉われておると、玄蔵、お前、撃ち損じるぞ」

（そこは俺の領分だ。手前《てめ》ェに言われる筋合いはねェ）

鉄砲撃ちとしての矜持《きょうじ》がある。多羅尾の言葉に苛立《いらだ》った。

「一つ伺いますけどね、多羅尾様」

玄蔵は一人猟師である。他人から指図されるのが嫌で、仲間との巻き狩り猟すら断ってきたのだ。たとえ身分は低くとも、山の中では自分で自分の旗を振り、考え通りに行動してきた。それが今、まるで家畜か奴隷《どれい》のように「言われた通りにせよ」「お前は考えるな」と命じられている。黙ってはいられない。

「悪人って……こいつ、なにをやらかしたんですか？」

一ケ月《ひとつき》と少し前、鈴ケ森の刑場で子供を撃たされて以来、多羅尾への悪感情、不信感が拭《ぬぐ》いきれていない。どうしても反抗的な口調になってしまう。

「悪事を働いた」

「どんな？」

「悪事だよ」

「それじゃ分からねェ」

苛々《いらいら》と返した。

「殺されるほどのなにをやったんです？」

「御政道を曲げた」

「だからさ……分かるように具《つぶさ》に教えてくれよ」

「言えんな。お前には関係のないことだ」

議論というより、言い争いだ。良庵は天井を見上げて嘆息を漏らし、開源は困った様子で月代《さかやき》の辺りを指で掻《か》いた。千代は表情を殺して、囲炉裏の薪《まき》を火箸《ひばし》で立てようとしている。

「関係がないことはねェだろう。俺がこいつの人生を終わらせるんだぜ」

と、似顔絵の顔を指で叩いた。

「ふん。もしお前がしくじれば、お前の女房子供の人生も終わる……そこだけを忘れるな」

多羅尾が冷笑した。

「なんだと、この野郎……」

多羅尾を睨み、腰を浮かせかけたが、帯を千代に摑《つか》まれた。右手で火箸を使っているから、左手一本だ。細い腕のどこにそんな力が潜むのか、玄蔵は手もなく、褥《しとね》の上へドシンと尻《しり》を戻された。

「え⁉」

その膂力《りょりょく》の強さに驚いて千代を見た。女忍《くのいち》はわずかに微笑《ほほえ》んで会釈をし、恥じらう様子で顔を伏せた。

「千代、止めることはないぞ」

そう言って多羅尾がおもむろに立ち上がった。

「かりそめにも武士を『この野郎』呼ばわりしたのだ。こいつも腹を括《くく》ってのことだろうさ、違うか玄蔵？」

腰に佩《お》びた脇差《わきざし》を鞘《さや》ごと抜いて、傍らの良庵に渡した。羽織を脱いで、今度は開源に投げて渡した。

「これで武士も猟師もなかろう。おい玄蔵、男と男だ。ワシとお前は、一度拳《こぶし》で話し合っておく方がいいと思うが、どうだ？」

と、大きな右拳を、玄蔵に向けて突き出した。

「ちょっと多羅尾様、お戯れが過ぎまする」

千代が立ち上がろうとしたが、囲炉裏越しに良庵が女を手で制した。千代が良庵に目を剝くと――

「男同士、こういうのもありでござろう。ま、拙者の趣味ではないが」

と、小声で千代に囁《ささや》いた。

「多羅尾様、やってもいいが、勝っても負けても恨みっこ無しだぜ」

玄蔵もやる気満々だ。

「後から、武士の面目がどうたら言われても困りますからね」

「玄蔵さん、落ち着いて下さい」

こちらに振り向いた千代の顔には、困惑の表情が浮かんで見えた。まるで「止《や》めて」と玄蔵に懇願しているようだ。女忍にとって命の遣《や》り取りなど日常だろうが、こうした感情剝き出しの内輪《うちわ》揉《も》めは、彼女の主義に反するのかも知れない。

「素手の勝負だ。勿論《もちろん》、後から文句など言わん。ただしワシは強いぞ。手加減も一切しない」

多羅尾が苦く笑い、袖をたくし上げると丸太棒のような腕が剝き出しになった。

「玄蔵、表に出ろ」

「よしッ」

と、勢いよく立ち上がる際、密《ひそ》かに囲炉裏の灰を左手で摑んだ。

二

男四人は、広縁《ひろえん》から庭へと跣《はだし》で降りた。千代は、男同士の理不尽な喧嘩《けんか》沙汰《ざた》との関《かか》わり合いを拒絶するかのように、家の奥へと姿を消した。この方がいい。傍《そば》で女が見ていると、なぜか男同士の諍《いさか》いは激しさを増し、「抜き差しならなく」なるものなのだ。

玄蔵と多羅尾は、二間（約三・六メートル）の間合いをとって対峙《たいじ》した。

（身の丈の差は拳一つ分ぐらいだが、体の横幅は倍近くありそうだな……こりゃ、分が悪いや）

太い腕と蟀谷《こめかみ》にある酷《ひど》い面擦《めんず》れの痕《あと》が物語るように、ほぼ間違いなく多羅尾は武芸に長《た》けている。その上に体格差が大きいとなれば——玄蔵は、自分の圧倒的な不利を認めざるを得なかった。

（まともにやり合ったら多分勝てない。はてさてどうするかな）

心中でそう呟《つぶや》いたが、実際に迷いはなかった。やることは一つだ。

（俺は猟師だ。昔馴染《むかしなじ》みの獣に知恵を借りるさ）

昔馴染みの獣——熊である。

熊が人に相対したとき、大熊は圧《の》し掛かってきて叩くが、小熊は人の足を刈りにくる。身を低くして突っ込み、膝《ひざ》から下に抱き着き、仰向けに倒し、すかさず馬乗りになって頭か首に爪《つめ》や牙《きば》を立てるものだ。たとえ小柄な熊でも、その牙は一寸（約三センチ）に達するから、そんなものを首から上に数ヶ所打ち込まれたら、人は瞬時に無力化する。小熊が安々と大男を倒せる所以《ゆえん》だ。

（今の俺は小熊だ。多羅尾を倒すには、奴《やつ》の足を刈るしかあるまい）

そう心に決め、歩幅をわずかに拡《ひろ》げ、重心を下げた。

「勝負があったか否かは、拙者が行司として判定致すでござる。両者正々堂々と心行くまで喧嘩するでご……」

良庵の言葉が終わらぬうちに、玄蔵は数歩間合いを詰めた。多羅尾は自信満々の余裕綽綽《しゃくしゃく》、悠然と胸の前に腕を組んで立っている。まるで仁王か鍾馗《しょうき》だ。

「くらえ！」

と、左手の灰を多羅尾の顔を目がけて投げつけたが、その灰が多羅尾の顔に届くことはなかった。灰が軽すぎ、空間に舞い散っただけ。ただ、十分陽動にはなって、明らかに多羅尾は身を竦《すく》ませた。

（今だ）

思いっきり身を低くし、相手の脛《すね》を目がけて突っ込んだ。両足を束ねるようにして両腕で抱きつき、体ごと前に出た。

「う、うわッ」

肩でグイグイ押すと、朽ち木が倒れるように、多羅尾は腕を回しながら仰向けに転倒した。

（もらった）

多羅尾の体の上を神速で這《は》い上がり、上腕部（二の腕）を己《おの》が両膝で抑え込んだ。馬乗りの体勢である。これで幾発か殴りつければ、大人しくなるだろう。厳《いか》つい顔に向け、右拳を振り下ろしたのだが、振り下ろしたその腕を下から摑まれた。膝で抑えつけているのは上腕だけだから、前腕はまだ動くのだ。

（拙《まず》い！）

今度は左拳を振り下ろしたが、こちらも間一髪で摑まれた。振り解《ほど》こうとするのだが、万力に挟まれたようで、まったく動かない。物凄《ものすご》い膂力だ。

「へへへ、どうした？」

組み敷かれた多羅尾が余裕を見せ、下から玄蔵をからかった。その憎々しげな笑顔に囲炉裏の灰はまったく付いていない。もう二歩踏み込んでから投げつけるべきだった。口惜《くや》しくはあったが、多羅尾にからかわれたことで、玄蔵の闘志には再び火が着いていた。

「おりゃ」

前屈《まえかが》みとなり、沈み込むようにして、渾身《こんしん》の頭突きを多羅尾の顔にぶち込んだ。

ガッ。

「おごッ」

徒目付の口と鼻孔《びこう》から、夥《おびただ》しい量の鮮血が見る間に溢《あふ》れ出す。多羅尾の前歯が玄蔵の額を破ったようで、そこから出血、流れ落ちる血が彼の視界を遮った。

「両者、そこまで！」

流血を見たことで、慌てて良庵が止めに入ったが——

「まだまだッ」

上と下とで、玄蔵と多羅尾が同時に叫んだ。まだ勝負はついていない。

「たわけが！　止めよ！」

背後で厳しい声がした。振り向かずとも分かる。多羅尾の上役で幕府目付の鳥居耀蔵に違いない。玄蔵の両腕を摑む多羅尾の手の力が、急に弱まるのを感じた。今なら振り解ける。最後に一発だけ殴ってやろうかとも思ったが、ま、大人げない。止めにして、多羅尾の上からゆっくりと身を退《ひ》いた。見れば、やはり鳥居だ。その背後には千代が控えている。彼女は裏から抜け出し、母屋の鳥居に通報したらしい。

「慮外者めらが……まるで悪童の喧嘩だ。呆れるわ」

「面目もございません」

　懐紙では足りず、千代が差し出した晒《さらし》で血を拭《ぬぐ》いながら、多羅尾が庭の地面に額を擦《こす》り付けた。広縁に腰かけた鳥居の前に、多羅尾と玄蔵は並んで端座している。喧嘩をした兄弟が、父親に叱《しか》られる構図と同じだ。

「多羅尾、もし玄蔵に怪我《けが》を負わせ、役目が果たせんようになったら、お前、腹を切るぐらいでは済まんぞ」

「申し訳ございません」

　と、再度平伏した。

「今後、仲間内での私闘を禁じる。喧嘩、諍い、一切禁止じゃ。違背すれば厳しく罰するぞ、よいな？」

「ははッ」

　と、二人並んで平伏した。

鳥居が去った後、囲炉裏端に戻って、五人は話し合った。

「多羅尾様もよくないでござるよ」

良庵が、千切ったちり紙を両鼻孔に突っ込んだ多羅尾をたしなめた。

「頭立《かしらだ》つ者と肝心の射手が諍うのでは、狙撃など上手《うま》くいくわけがない。我々周りの者は付いていけんでござる」

開源と千代が賛同して頷いた。

「ワシに言われても困る。いつも突っかかってくるのは玄蔵だ」

そう言って玄蔵を睨んだ。玄蔵は玄蔵で、額の傷に懐紙を押し当てながら、庭の方を向き、多羅尾を見ないようにしている。

「突っかかってくる玄蔵さんの言葉を、皮肉や嘲笑《ちょうしょう》で返しているのは、多羅尾様、貴方《あなた》でござろう。それでは喧嘩を買っているのと同じでござる」

また良庵が多羅尾をたしなめ、開源と千代が頷いた。一応、中立を装ってはいるが、良庵は四分六《しぶろく》で玄蔵の肩を持ってくれている。有難いことだ。今後は「なよなよとして、男のくせに気色悪い」なんぞと思わないようにしよう。

「どうせよと申すのか？　ワシになにを言われても我慢せよと、お前は言うのか？」

多羅尾が良庵に反駁《はんばく》した。

「然《さ》に非《あら》ず。玄蔵さんの怒りや疑問を、冗談めかしていなすのではなく、正面から向き合うべきだと申しております」

「それはどうかな」

多羅尾がうつむき、嘆息を漏らした。

「怒りに正面から向き合うと、かえって対立が激化せんか？　バチンとぶつかる感じになりはせんか？」

「人に拠《よ》るでござる。玄蔵さんは生真面目《きまじめ》な性質《たち》だから、いなされるとむしろいきり立つ。真面目に向き合ってやって下され。諍いは減ると思われるでござる」

束《つか》の間《ま》沈黙が流れたが、やがて――

「ふん、分かったよ」

何よりも御用大事な徒目付の方が先に折れた。

「今後、玄蔵への皮肉や嘲笑は控える。無論、殴り合いも御法度だ。まじめに議論しようじゃないか。それなら機嫌よくやってくれるか、玄蔵どうだ？」

「皮肉や嘲笑がどうとかよりも、俺はただ標的が……」

（や、待て待て）

玄蔵は、慌てて言葉を飲み込んだ。

（そうか、怒りに任せて忘れていたが、標的や背後の黒幕については、下手《へた》に知らない方が身のためだったなァ）

十人の「悪人を殺す」との仕事が終わった後で、多羅尾や鳥居に口封じされては、堪《たま》らない。詳しい事情を知らなければ殺されない――とまではいい切れないが、少なくとも「知り過ぎた猟師」は確実に口封じされる。その場合、女房子供だけは無事ということも考え難い。

（一家皆殺しになるぐらいなら、俺は射手に集中し、なにも知らない方がいい。案外多羅尾の言う通りで、標的を撃つこと以外に興味を持たないことだ。多羅尾とも精々上手くやっていくさ）

「多羅尾様、俺の方こそ無礼な振舞いをお許し下さい。今後は御命令に従い、悪人退治に邁進《まいしん》する覚悟でございます」

と、懐紙を額に押し当てたままで頭を下げた。多羅尾以下の全員が瞠目《どうもく》し、互いの顔を見合わせた。横暴な指揮官への敵愾心《てきがいしん》を剝き出しにしていた猟師が、急に素直になって驚き、違和感を覚えたようだ。

（ま、驚くなら驚いていなさいよ。俺には俺の考えがあるさ。希和と子供たちを守るためなら、気に食わない多羅尾の足だって嘗《な》めてやる。俺ァなんでもやる……人殺し

を含めてな）
と、新たな決意を固めた。

三

翌日玄蔵は、神田川《かんだがわ》にかかる筋違橋《すじかいばし》まで、標的となる人物の登城風景を下見に出向いた。多羅尾と良庵が同道する。外神田佐久間町《そとかんださくまちょう》に店を構える平戸屋《ひらどや》はすぐそこだ。多少なりとも土地勘のある場所でよかった。

幕臣の登城は、大体四つ（午前十時頃《ごろ》）前後に集中する。筋違橋の北と南の両岸には広大な火除地《ひよけち》が設けられており、登城風景を見物する野次馬が三々五々と屯《たむ》ろしていた。その野次馬目当てに数軒の屋台が店を出しており、別《わ》けても天ぷらを揚げる香ばしい香りが、玄蔵の鼻腔《びこう》をくすぐった。庶民を相手にする屋台の天ぷら屋には、海老《えび》や貝、魚などの高価な食材はおいておらず、野菜や野草、キノコなどを揚げて商っている。

「人が多いと、目立たんで、ようござるな」

折角の美貌《びぼう》を手拭《てぬぐい》で隠した良庵が呟いた。手拭で頬《ほお》かむりをした上から、さらに菅笠《すげがさ》を被《かぶ》っている。なんだか余程悪いことをして、世を忍んで生きている風にも見える。

多羅尾と玄蔵は菅笠だけだが、多羅尾は面擦れの痕以外にも、昨日玄蔵に頭突きされた顔面の腫《は》れが酷く残っている。玄蔵も額の傷を隠さねばならない。二人とも菅笠をかなり目深に被っていた。目を引く美貌、顔面の酷い腫れ、額の傷——忍び働きには如何《いか》にも不向きな三人組であった。彼らは、近郊の百姓の江戸見物を装い野次馬の群れに紛れていた。

「右から町方が来るぞ」

多羅尾が早口で囁いた。見れば、手先を連れた黒羽織に着流しの町同心が、ブラブラと歩いてくる。

「急に動いたら相手も不審に思う。このまま知らぬ振りをしているでござるよ」

良庵が、姿を隠そうとする多羅尾の小袖を摑んで制した。

「お前は知らんだろうが、あの手の町方は、大層勘働きが鋭いものだ。ワシら徒目付も同類だからよくわかるのさ。怪しまれて、自身番屋にでも連れていかれたらどうするよ」

「その場合は、貴方様が御身分をお明かしになればいい。なにも『悪人退治』とまで正直に言うことはない。『徒目付として密偵中だ』と言えば相手は支配違いで、どうしようもない。無罪放免でござろうよ」

「そうか、そうだな……では、そう致そう」

良庵の言葉に、多羅尾は落ち着きを取り戻した。

同心が、ドンドン近づいてくる。

「でもさ」

多羅尾が、良庵の耳元に囁いた。まだ不安なようだ。

「ワシが徒目付だと、どうやって証明する」

「御留守居役《おるすいやく》が発行する、諸門の通行証を持っておられるでしょ」

「あんなもの、登城するとき以外には携行せんわ。もしも失《な》くしでもしたら、これものだからな」

と、指先で己が腹を横一文字になぞって見せた。

（ふん、それはそれで見物《みもの》じゃねェか）

なにせ多羅尾と格闘したのは、ほんの昨日のことだ。わだかまりは、まだたっぷりと残っている。玄蔵は心中で「多羅尾の切腹場面」を想像することで、少しだけ溜飲《りゅういん》を下げた。

（大体多羅尾の野郎は……うッ）

近づいてくる同心の顔を見た瞬間、玄蔵は凍りついた。慌てて（虫が好かないはずの）多羅尾の大きな背中に身を隠した。

「あの同心は、現場にいた……多分」

背後から多羅尾の耳に囁いた。

「現場って、どこの？」

「鈴ヶ森。撃った瞬間に野郎が振り返って……」

声を押し殺し、早口で言葉を交わした。十中八九は、あの時の同心で間違いないと思うが、もう少し大柄だったような気もする。確実に「こいつだ」とは言い切る自信が持てなかった。

「面ァ見られたのか？」

「どうですかね。かなり遠かったから……」

「おい、待てよ……かなり遠かったのなら、何故《なぜ》お前は同心の顔を知っている？」

「だって俺ァ鉄砲撃ちで遠目が滅法……」

「しッ」

良庵が会話を制した。いよいよ同心が近づいてきたのだ。

（ナ、ナンマンダブ……）

多羅尾の背中の陰で、玄蔵は必死に気配を消した。

　三十半ばに見える同心は、背後に続く手先と談笑しながら、玄蔵たちの前を行き過ぎた。玄蔵が「ふう」と思わず安堵《あんど》の溜息《ためいき》を漏らしたとき、急に同心が足を止め、振り返った——瞬間、猟師と同心の目はバチリと合った。

「おい、お前」

　こちらを指さしている。万事休す。おそらく鈴ヶ森で、玄蔵は顔を見られていたのだ。罪人とはいえ、人一人を鉄砲で撃ち殺している。ただでは済まない。

（逃げなきゃ）

　そう思った刹那《せつな》、多羅尾の右横にいた見知らぬ小男が、人混みの中を脱兎《だっと》の如《ごと》くに駆け出したのだ。

「追え！　掏摸《すり》の丑松《うしまつ》だァ」

　そう手先に叫んで、同心も走り出した。玄蔵たち三人を突き飛ばすようにして、逃げた男を追い、人混みに消えた。

（よかった……俺じゃなかったんだ）

　ホッと胸を撫で下ろした。

「今日は日が悪い。験《げん》が悪い。下見は中止だ」

　狼狽《ろうばい》した様子の多羅尾が決断した。

「では、三人バラバラに別れて帰るでござる」

「溜池《ためいけ》の『どんどん』の前で落ち合おう」

「どんどん？　それ何です？」

江戸といえば、平戸屋のある外神田佐久間町の他にはどこも不案内だ。今住んでいる松濤界隈《かいわい》でさえも、軟禁中の身でありほとんど分からない。

「江戸の者は皆《みん》な知ってます。誰にでも訊けば分かるでござる」

それだけを手短かに伝え、多羅尾と良庵はさっさと人混みに姿を消してしまった。

(溜池だと？　こんな町場に溜池があるのかい？　田圃《たんぼ》なんぞねェじゃねェか)

一人残された玄蔵は途方に暮れたが、取りあえず「験の悪い現場」を離れることにした。

山王神社《さんのうじんじゃ》下の溜池は、江戸城の外堀の一部を成していた。溜池から虎《とら》ノ門《もん》にかけては、わずかに高低差があり、小さな滝となっていた。その水音を人々は「どんどん」とか「溜池のどん」などと呼んだ。当時の溜池は、江戸庶民の憩いの場でもあり、茶店が幾軒も立ち並び、釣りや散策が楽しめたから、男三人で待ち合わせても目立たないですむ。

「遅いぞ、玄蔵」

昼の九つ（午後零時頃）を少し回った頃に溜池へと着いた。すでに多羅尾と良庵は到着しており、徒目付から陰険な目つきで睨まれた。鼻の回りが赤黒く腫れあがっているのがよくわかる。あそこに昨日、玄蔵は額を叩きつけてやったのだ。

「俺は、江戸に出てきてまだ二ヶ月《ふたつき》と少しです」

「え？　なに？」

流下する水音が五月蠅《うるさ》くて、よく聞こえないようだ。周囲を見回してから声を張った。

「『溜池のどんどん』とだけ言われたんじゃ、迷いますよ」

本当は少しも迷っていなかった。道を訊ねた若い棒手振《ぼてふ》りの教え方が、実に巧妙だったのだ。彼は「お堀に沿って歩けばいい」と教えてくれた。小さな滝があれば、そこが「溜池のどん」だと言われ、その通りに歩いたら、ここへまっすぐに来られた。

遅くなったのは、途中で休み、しばらくあれこれ考え事をしていたからだ。

「え？　なんだって？」

多羅尾が耳に手を当て、訊き返した。

「もう……」

場所を変えよう。この場は会話には向かない。大山《おおやま》街道に出るべく、外堀に沿って北西へと歩き始めた。

「同心が足を止め『おい、お前』と指さされたときには、正直胆が冷えた。寿命が縮んだよ、ハハハ」

多羅尾が、鍋島《なべしま》家中屋敷際の菱坂《ひしざか》を上りながら良庵に明るく話しかけた。右手眼下には溜池の水面《みなも》が蒼《あお》く広がっている。もうここまでくると「溜池のどん」の音は遥《はる》か後方で、さすがに気にならない。

チーチュルチーチュル。チチルチチルチュルチー。

どこかの梢《こずえ》から小鳥の声が聞こえる。長く美しく鳴くのはメジロだろう。メジロは留鳥《りゅうちょう》で一年中そこここで見かけるが、この時季に囀《さえず》りを始めるのでよく目立つ。

（笑い話で済むかよ）

「逃げた小男は掏摸だったらしいが、多羅尾様、お財布は無事でござるか？」

並んで歩いていた良庵が、威張って先頭を歩く多羅尾に声をかけた。

「たわけ。掏摸如きにしてやられるほど迂闊《うかつ》では……あれ？」

と、歩みを止めた。坂の中腹辺りである。

多羅尾は、小袖の懐《ふところ》を幾度も探ったが、一両（約六万円）前後入った鹿革《しかがわ》の巾着《きんちゃく》がなくなっていた。どうやら、見事にやられたらしい。おそらく、同心が叫んだときには、もう掏《す》られていたのだろう。

「糞《くそ》ッ。なんてこったい」

多羅尾は、極めつけの吝嗇家《りんしょくか》である。財布を掏られたことで、肩を落とし、落胆し、気鬱《きうつ》となり、外見は一気に十歳以上も老け込んだ。昨日猟師に頭突きされた痕が赤黒く腫れあがっているだけに、余計に痛々しかった。

「もう駄目だ……神も仏もないもんだァ」

「たかが一両で、そこまで落ち込むでござるか？」

良庵が辟易《へきえき》し、うつむく多羅尾をたしなめた。

「たかが一両、されど一両だからなァ」

「世直しをするのでござろう？　悪人退治でござろう？　その頭である貴方が、そんなことでは困る。しっかりして下され」

「だよな……」

と、神妙に頷いたのだが、その目は焦点が定まっていない。

「ときに……あの同心、羽織の家紋は『丸に本文字』でしたよ」

玄蔵は、どうしても同心のことが頭から離れなかった。人を撃った最初の現場に居合わせ、今日もまた、狙撃の下見先で顔を合わせた。二度までも偶然が重なると、気味が悪い。

「それで？　丸に本文字ならどうした？」

と、多羅尾が訊いた。一両を掏られ、まだまだ「心ここに在《あ》らず」の風情《ふぜい》だ。眼下の溜池で水面を破って魚が跳ねた。

「や、だから、家紋が分かれば相手の特定もしやすいでしょ？」

「その通りでござる。玄蔵さん、よく見ていたね」

良庵が、頬被りの中で白い歯を見せて笑った。

丸に本文字の家紋を使うからには、本多《ほんだ》一族であろう。徳川の家臣には、大名から最下層の御家人まで、本多姓が矢鱈《やたら》と多い。彼らは通常「立葵《たちあおい》」を定紋とする。徳川の親族以外で、葵紋を許されているのは本多氏だけだ。何故許されているのかといえば、徳川より使い始めた時期が古いから。つまり葵紋に関しては、本多氏の方が本家本元なのだ。それでも、身分の低い者は葵紋を遠慮してか、「丸に本文字」を定紋として使う場合が多い。

「二月の月番は、確か南の御番所だな」

ここでようやく、多羅尾が顔を上げた。

南の御番所――南江戸町奉行所のことだ。多羅尾が、また菱坂を上り始め、良庵と玄蔵もこれに従った。

「定町廻方《じょうまちまわりかた》同心は七、八人。臨時廻方や風烈廻方《ふうれつまわりかた》を入れても精々が三十人かそこらだ。ワシも野郎の面ァ覚えたし、特定は難しくないと思う。すぐに調べるよ」

と、多羅尾が受けあった。

あの時、鈴ケ森で――玄蔵の周囲の葦原《あしわら》で、野良犬が喧嘩を始めたのだ。犬の吠《ほ》え声に振り返った同心が一人おり、それが偶《たま》さか発砲と重なった。一町半（約百六十四メートル）離れていたが、猟師として滅法遠目が利く玄蔵は、彼の顔をなんとか捉えた。確実とは言えないが、六割、七割は見切ったつもりだ。

ただ、相手はどうだったのか。白煙が上がり発砲音がして、銃撃の事実は隠しようもないが、あれだけ離れて、菅笠の下の玄蔵の顔がちゃんと見えたのだろうか。見えたとしても、記憶に残っているものだろうか。

「見えちゃいないさ。ただ、万が一ということもある。調べてみて、もし見ているようなら、口を封じなきゃならんからな」

多羅尾の口は滑らかに動いている。一両を掏られた落胆から、少しは立ち直ってきたようだ。

「口を封じるって？」

嫌な予感がして、多羅尾に質した。

多羅尾は直接には答えず、振り返り、後ろ歩きをしながら、玄蔵に鉄砲を撃つ真似《まね》をして見せた。口元が少し微笑んでいる。

「お、俺が撃つんですかい？」

「そらそうだろ。お前が小僧を撃ち殺す現場を見られたんだ」

「妙な言い方はよしてくれ」

玄蔵が色を成した。

「俺ァ、ガキを苦しませたくねェから、止むを得ず撃っただけだい」

「おい玄蔵」

多羅尾が足を止めた。玄蔵と良庵もこれに倣《なら》った。

「町方という輩《やから》はな。兎《うさぎ》を追う犬と同じだ。兎側の事情なんて少しも考えてはくれんのだぞ」

「だからなんですか？」

仏頂面で返した。

「お前が子供を撃った理由やら動機やらは、奴らにはこの際関係ないということさ」

「そ……」

確かに、そうでもあろう。となると、最前の同心は血眼になって玄蔵を捜すだろう。別枠でもう一人殺さねばならない。今度の標的は歴《れっき》とした町方同心で、多羅尾たちが言う「御政道を曲げた悪人」ですらない。玄蔵は肩を落とした。

「いくぞ」

三人は赤坂《あかさか》御門を右に見て、表伝馬町《おもてでんまちょう》の角を曲がり、大山街道へと入った。一里半（約六キロ）と少し歩けば、千代が待つ松濤屋敷へと帰り着く。

四

「え、これから？　さすがにそりゃ拙いでしょう」

翌朝早く、良庵が池の畔の隠居屋を訪れて、また筋違橋御門に出向こうと玄蔵を誘った。

「昨日の今日だしさ……せめて例の同心の正体を摑んでからの方が、よかないですかい？」

「それがね。今日は三月一日で、月番が交代するのでござるよ。今月の月番は、北の御番所だから」

と、良庵が端正な顔を歪《ゆが》めて微笑んだ。例によって片方の口角がわずかに吊《つ》り上がる。嫌味な印象は拭いきれないが、もう大分慣れた。良庵は外貌《がいぼう》から受ける印象ほど皮肉屋でも気障《きざ》でも嫌な奴でもない。

南北町奉行所の月番制とは然程厳格なものではなかった。月番でない方の奉行所は形だけ門を閉ざし、新たな公事《くじ》（民事訴訟）などは受け付けないが、内部で事務処理は行われるし、同心たちの吟味や捜査、探索も内々には続いている。ただ、月番奉行所に遠慮があるから、あまり大っぴらには活動しない。目立つ筋違橋御門の巡回などは、月番に任せ、自制するのが通常だ。

「つまり、今朝の筋違橋には、昨日の『丸に本文字』の同心は、いないということでござるよ」

「なるほど」

合点がいった。

松濤から筋違橋まで二里半（約十キロ）と少しある。よほどの速足で歩いても一刻（約二時間）はたっぷりかかる。四つ（午前十時頃）までに着くなら、遅くとも五つ（午前八時頃）前には松濤を出たい。朝餉《あさげ》をとる時間が惜しいので、身支度を整える間に、千代が握り飯を作ってくれるそうな。

実は昨日、弁当を持たないで発《た》ったので、三人とも空腹で大変だったのだ。帰途、大山街道の渋谷宿で眩暈《めまい》がして倒れそうになった。茶店で串《くし》団子を三本買い、歩きながら貪《むさぼ》り食った。巾着を掏られた多羅尾は無一文だから、彼の代わりに良庵が小銭を出した。串団子三本で十二文（約百四十四円）なり。悪人退治をして世直しを志す彼らにしては、なんとも侘《わび》しい。

「折角、作って貰《もら》えるなら」

と、猟で山に入るときに持参していた小ぶりの握り飯を、多い目に作ってもうことにした。

　山歩きでは疲労困憊《こんぱい》して動けなくなるのが一番怖い。で、そうならない秘訣《ひけつ》は、食事と水と休息の取り方にある。食事も水も休息も「少しずつ、幾度にも分けてとる」のが肝心だ。大食いをしたり、横になって長時間休むとかえって疲労感を増す。山の先達《せんだつ》である父や祖父からも「腹が空《す》く前になんぞ少しだけ口に入れろ。喉《のど》が渇く前に一口だけ水を飲め。疲れ切る前に短時間休め」と繰り返し指導されたものだ。

「獲物《えもの》の跡を追っているときなどは、歩きながら食ったものです」

「こんな小さな握り飯では、腹の足しにならんだろう」

青山《あおやま》界隈の大山街道を赤坂に向けて歩きながら、千代が握った塩味の利いた握り飯をポイと一口で頬張り、多羅尾が不満げに呟いた。

「俺は、尾根を一つ越えるたびに、握り飯を一つ食って、竹筒の水を一口飲む」

玄蔵は己が流儀を披露した。

「休憩は背負子《しょいこ》を下ろさず、木の幹に寄り掛かるなどして短時間とります。そうしていると不思議に疲れない。ま、疲れなくはないが、動けなくなるまでには疲れない。どこまででも歩ける」

「そんなものでござるか」

「はい。そんなものです」

「ワシは猟師には向かんな」

多羅尾が話を引き継いだ。

「食う時は鱈腹《たらふく》食いたいし、グッスリ長く寝ないと疲れは取れん。細切れ、小さく、チマチマは性に合わん。人として気宇壮大と言おうか、豪放磊落《ごうほうらいらく》にできておるのだろうなァ、ガハハハ」

「気宇壮大で豪放磊落の割には、一両掏られただけで、意気消沈されていたでござるなァ」

良庵が、多羅尾をからかった。

「たわけ。銭は別だァ。一両盗めば首が飛ぶんだぞ」

——ま、多羅尾とすれば悔し紛れの大嘘《おおうそ》である。

十両盗むと死罪になるとはよく聞くが、さすがに一両で首は飛ばない。根拠となるのは、八代将軍徳川吉宗《よしむね》の頃に制定された公事方御定書《くじかたおさだめがき》だ。

「金子は十両以上、物品は金額に見積もって十両以上を盗むと死罪。十両以下、物品は代金に見積って十両以下を盗むと、入墨の上で敲《たた》き」

と、確かにあるらしい。「らしい」としたのは、公事方御定書が一切公布されていなかったからだ。言わば、奉行所内に向けた内部資料的な刑法典だったのである。庶民から見れば、量刑は奉行所の恣意《しい》で決まるようなものだ。たとえ盗んだのが一両でも死罪の可能性を考えてしまう。結果、犯罪に対する抑止力になっていた。

ちなみに、吝嗇な多羅尾の俸給は百俵五人扶持《ぶち》だ。百俵の蔵米《くらまい》取りの手取り分は四十俵だから、年収は四十両（約二百四十万円）である。そこに五人扶持が加算される。一人扶持が五俵相当だから手取りは二俵で、五人扶持なら十俵だ。加算されるのは十両（約六十万円）で、都合五十両——今でいえば、凡《およ》そ三百万円ほどの年収となる。

とても高給取りとは言えないが、一万七千人余いる幕府御家人衆の中にあっては、極めて高待遇といえた。

閑話休題――

筋違橋御門は昨日と同様に、野次馬で混雑していた。よく見回したが、丸に本文字の同心の姿はなく、玄蔵は安堵した。そこへ商家の手代風の若者が、多羅尾に歩み寄り、小声で囁いた。

「かの者は、定刻に屋敷を出た由にございまする」

「そうか」

若者はそれだけを伝えると、良庵と玄蔵に会釈をし、再び野次馬の中へと姿を消した。如何《いか》にも賢そうな、如才なさそうな若者である。

「変装しておるが、奴は組下の小人《こびと》目付だ」

良庵と玄蔵の好奇の目に気づいた多羅尾が説明した。

小人目付は目付支配で、目付や徒目付の手足となって働く。武士階級ではない中間身分から特に優秀な者を選んで登用した。俸給は十五俵一人扶持（約四十八万円）ほど――究極の薄給である。ただ、厳選された人材だから、御家人身分への登用も珍しくはなかった。

玄蔵が知っている協力者は多羅尾、鳥居、良庵、開源、千代、それに今の若者を含めて六人かそこいらだが、水面下には、もっと多くの人物が関係していそうだ。

「標的は、四半刻《しはんとき》（約三十分）もせぬ内にやってくるぞ」

多羅尾から発破をかけられ、玄蔵は懐から開源が描いた三枚の似顔絵を取り出し、改めて標的の容貌《ようぼう》を確認した。

（この絵で見る分には、多羅尾なんぞより大分高潔そうな面ァしてるけどな……）

と、心中で呟き、似顔絵を丁寧に畳み、また懐にしまった。

標的は、多くの供廻りを率いて馬を進める御大身であった。袴《はかま》の股立《ももだ》ちをとった若党が三人横に並んで露を払い、その後方から大柄な青毛馬《くろうま》に乗った標的が続いた。金《きん》蒔絵《まきえ》の豪奢《ごうしゃ》な鞍《くら》を置いている。年齢は四十少し前か。

家紋は「並び鷹《たか》の羽」――鷹の羽が二枚、縦に並んで交わらない。

玄蔵が、馬上の武士の顔を見るなり、ひと目で標的と分かったのは、千波開源の描いた似顔絵があまりに見事だったからだ。

（これは……どういうのかなァ。ま、才能ってやつなんだろうねェ）

開源は、顔の特徴を幾つか把握し、そこだけを描く。他は可能な限り描かないで省略する。その加減が実に巧みなのだ。必要十分な情報だけが目から飛び込んできて像を結ぶ。

「どうだった？」

帰途、多羅尾が印象を質した。

「どうもこうも……標的の顔はよく分かりました」

「開源さんの腕は本物でござるな。拙者も初めて見たが、まさに、似顔絵の通りの容貌でござった。驚いた」

良庵が、玄蔵の言いたいことを代わりに言ってくれた。

「で、やれそうか？」

「やりますよ。仕事だからね」

「仕事だから？」

多羅尾が嫌な顔をした。

「世直しだから、とでも言えよ。世のため人のための悪人退治だろ？」

と、苦く笑って玄蔵の肩を叩いた。

「じゃ……世直しだから、ちゃんとやります」

渋々そうは答えたが、実際には疑問が沸々と湧いていた。

熊や猿、山犬（狼《おおかみ》）といった賢い獣の場合、個体ごとに個性が分かれるものだ。気の荒い奴、大人しい奴、横着者、根性悪、思慮深い奴と様々だ。で、その内面は、面白いぐらい顔に出る。腕のいい猟師は獣の顔つきを見て、次の行動を読み、機先を制して討ち取る。玄蔵は「鉄砲玄《てっぽうげん》」とか「熊獲り名人」と尊称されることも多いが、猟果の過半は、鉄砲の腕前よりも、獲物の考えを読む力で獲ったと思っている。

その玄蔵が見る限りにおいて、並び鷹の羽の御大身が悪人だとは、どうしても思えない。開源の似顔絵からも同様に見えたし、実際に見た印象でも、穏やかで誠実な男にしか思えなかった。

（嫌だなァ。本当に、あのお方を俺が撃ち殺すんだろうか？）

ただ――逆に、標的が酷い悪人面をしていたら、自分は冷静に引鉄《ひきがね》を引けるのか。

（そりゃ、多少は気が楽かも知れねェけど……人一人を殺すのは、なんも変わらねェわなァ）

一ケ月《ひとつき》と少し前――閏《うるう》一月二十日。玄蔵は生まれて初めて人を殺した。しかも標的は、年端《としは》も行かない子供だったのだ。人を殺すと自分がどう変容してしまうのか、大層不安だったのだが、今のところ変わりなく暮らせている。

（存外俺ァ、非道な性分なのかも知れねェ。ま、なんら罪科《つみとが》のない山の獣を殺して、暮らしを立てているような男だ。よほどの「人でなし」なのだろうさ）

と、己が内面を分析していたのだが、実際は違う。あの磔《はりつけ》にされていた少年は、槍《やり》で脇腹《わきばら》を突かれ、死にきれずに悲鳴を上げていたのだ。苦痛に歪んだ顔が、今もハッキリと脳裏を過《よぎ》る。「殺す」というより「助ける」乃至《ないし》は「苦しみを除いてやる」ぐらいの気持ちで引鉄を引いた。そもそも、前提と意味が異なる。

「一度人を殺せば、後はどうということもなくなるさ」

そう言って多羅尾は、玄蔵に少年を撃たせた。謂《い》わば「度胸試し」の位置付けだったのだろう。ただ、外形的には同じ「人を撃つ」という行為でも、事情が違えばまったく別の意味を持ってくる。多羅尾の思惑は外れたのだ。人一人を撃った今も、結局玄蔵は「人を殺すことに大きな躊躇《ためら》いと恐れ」若《も》しくは「後ろめたさ」を抱いたままだった。

五

その翌日には、多羅尾が新しい情報を持って古池の畔の隠居屋を訪れた。良庵や開源を交えての評定である。

一昨日《おととい》、筋違橋の雑踏の中で目が合った町同心の羽織には、丸に本文字――本多家の紋所が入っていた。

先月の月番であった南町奉行所に、同心衆は百四十人ほどいる。その中で本多姓の者は三人きりだ。一人目は最高位の年番方同心で、袴も着けずに、手下を連れて町場を警邏《けいら》することなどあり得ない。二人目は、臨時廻同心で町場を歩いていても可笑《おか》しくはないが、還暦過ぎで白髪の年配者らしい。筋違橋ですれ違った同心はもっと若かったし髪も黒々としていた。そうなると、該当者は三人目——齢《よわい》三十五の本多圭吾《けいご》という定町廻方同心の一択となる。

「鈴ヶ森で振り返った同心に、玄蔵は筋違橋でまた会った。その者の名は南町の本多圭吾だ。これで線が一本に繋《つな》がったな」

と、多羅尾は上機嫌だが、玄蔵はそうでもない。

「鈴ヶ森の同心と筋違橋の同心が、本当に同じ野郎なのか……黒羽織に着流しが同じだから、つい面も同じだと勘違いしただけかも知れません。鈴ヶ森で顔を見たと言っても、なにせ遠かったし……」

「つまり自信がないと言うのでござるか？」

「今さら、なんだ！　お前、猟師だから滅法遠目が利くとか、威張っておったではないか」

多羅尾が目を剝いた。

「す、済みません」

ま、謝るしかなかろう。ただ、一つ間違えば、別人を口封じする――殺すことにもなりかねない。六割、七割の自信では頼りない。

「止むを得ない。ここは念を入れるでござるよ」

良庵の言葉に、千代と開源が頷いた。

「糞ッ。ちっとも仕事が前に進まぬでござるよ」

と、多羅尾が良庵の口真似をして、忌々《いまいま》しげに玄蔵を睨んだ。

「光の具合が悪い。ここからじゃ見え辛《づら》いですよ」

一寸（約三センチ）ほどに細く開いた縦繁障子《たてしげしょうじ》の隙間《すきま》から、表の通りを窺《うかが》っていた玄蔵が、多羅尾に零《こぼ》した。

「文句の多い奴だな……大成せんぞ」

そう言って、多羅尾は盃《さかずき》をグイと干した。

楓川《もみじがわ》沿いの本材木町《ほんざいもくちょう》、東側の川向こうには八丁堀《はっちょうぼり》の甍《いらか》が続いている。弾正橋《だんじょうばし》際の煮《に》売酒屋《うりさかや》の二階角部屋に、多羅尾と玄蔵は早朝から張り込んでいた。

「苛《いら》ついてねェで、お前も呑まんか？」

と、盃を差し出されたが、引き攣《つ》った笑顔でやんわりと断った。仕事中に呑《の》む習慣など玄蔵にはない。彼のような一人猟師の場合、熊や猪《いのしし》を相手に、ほろ酔いで狩りをするのは自殺行為だ。死にに行くようなものである。

「仲直りの盃だ。一杯だけ付き合え」

盃を下ろすつもりはないらしい。この時代の煮売酒屋に飯台と腰掛はない。畳敷きか小上がり程度で、直接畳や床に折敷《おしき》を置き、そこから飲み食いした。

多羅尾の目を見れば、まだ酔ってはいないようだ。仲直りの盃というのは本気なのだろう。喧嘩をしてから六日ほどが経った。よい潮時ではある。となれば、無下には断れない。

「では、一杯だけ御相伴致します」

盃を受け取り、グイッと干した。とてもいい酒だ。よく澄んでいて、雑味が少ない。文化《ぶんか》文政《ぶんせい》の頃は天候に恵まれ、豊作の年が続いた。米が大量に出回れば、酒作りも盛況を呈する。味も品質もよくなる。しかし、その後には数年の間、冷夏が続き、日照時間が不足、大飢饉《だいききん》となった。大量の餓死者が出るほどだから、嗜好品《しこうひん》である酒造りに回す米は不足、日本の酒造りは壊滅的な被害を受けたのだ。自然、酒の味は悪くなった。そこそこに美味《うま》い酒が出回るようになったのはここ数年のことである。

今日は多羅尾配下の小人目付が細工をして、本多同心を弾正橋際まで呼び出してくれた。鈴ヶ森刑場で振り向いた同心が、本多圭吾であるのか、ないのか——確かめないわけにはいかない。

「なに、確かめるまでもないさ。ほぼ、間違いないのだから」

そう不服そうに言って、また多羅尾がグイと盃を空けた。

「ほぼ、でしょ？　お気楽に仰《おっしゃ》いますがね……」

玄蔵は、障子の隙間から目を離して、強く多羅尾を睨んだ。

「もし、本当に本多が鈴ヶ森で俺の顔を見た野郎だったら、俺ァ、野郎を撃たなきゃならないんでしょ？　万に一つも、人違いは困るから」

「ふん」

厳つい体を揺すって、多羅尾が冷笑した。

「考えたのだが、町同心一人を始末するのに、わざわざ鉄砲は使わん。お前は手を下さなくていい。ワシか配下の者がやる」

「それにしたって、俺絡みで人一人死ぬわけでしょ？　しかも俺の顔を見たってだけで、別に本多が『悪人』って訳じゃないんだ」

「や、悪人だよ」

多羅尾が低い声で断言した。まるで「ここだけは譲れない」とでも言いたげな決然とした厳しい声色だ。

「ワシらの仕事の邪魔をする者は、誰も彼もが悪人さ」

（まったく……手前勝手な理屈だぜ）

と、玄蔵は心中で舌打ちした。

六日前の喧嘩云々《うんぬん》は脇に置くとしても、玄蔵、どうも多羅尾とは反りが合わない。仕事以外で役人風を吹かせることはないし、能天気な性格も、緊張を強いられる狙撃組を率いるのには、むしろ向いている。

ただ、気さくさの裏表で、規範意識の薄さ、仕事に対するいい加減さが、玄蔵にはどうにも我慢がならなかった。今も役目の最中に、朝からこうして酒を飲んでいる。そういう奔放なところが嫌なのだ。

「これからお役目なんだから、お酒は控えて下さいよ」

「五月蠅《うるせ》ェや。お役目だからこそ、昼間から呑めるんじゃねェか」

徒目付は、ここでニヤリと相好を崩した。

「どれだけ呑んでも、公方《くぼう》様が出して下さる。言わば天下様の奢《おご》りよ。へへへ、折角の機会に有難く呑まんでどうする？」

と、またまた盃を呷《あお》った。

そうだ――玄蔵はもう一つ、多羅尾の嫌なところを思い出した。

（こいつは吝《けち》だ。銭に汚い野郎なんだ。そういうところも嫌だ）

畳上の折敷《おしき》には、銀色に光る細魚《さより》の酢ぬた和《あ》えが供されていた。天保十二年（一八四一）の三月五日は、新暦に直せば四月二十五日に当たる。今が旬《しゅん》とはいっても、江戸前の細魚はそろそろ終わりだ。季節の魚は、終わりが近づくと値が上る。この細魚も、青菜の煮浸しが付くものの、一尾で百文（約千二百円）とか――自前なら、吝嗇な多羅尾は決して頼まぬ佳肴だ。

「お前こそ、ワシなんぞに難癖つけておっても仕事にはならんぞ。ちゃんと表を見張ってろ」

透き通るような細魚の身を箸先で弄《もてあそ》びながら、多羅尾が冷たく言い放った。

「……はい」

悔しいが多羅尾の言う通りだ。玄蔵は障子の隙間に目を戻した。

「な、玄蔵よ？」

「はい」

表を窺《うかが》いながら返事だけをした。

「お前もまだ若い。女房と別れて暮らして、さぞや寂しいであろうな」

そうさせている張本人から言われたのが悔しくて、返事はしなかった。

「返事ぐらいしろや」

「そ、そうですね」

厚かましさに負け、渋々答えた。

「前にも申したが……よいのだぞ？」

「なにがです？」

苛々と返事をした。

「千代だ。あれは、お前の世話焼きが役目だ。お前さえよければ、いつでも……」

「止めて下さい」

振り払うように遮った。

「千代さんは、仕事の仲間ですよ。そういう目では見てないから」

「へへへ、どういう目だ？」

「それは……女としては見てないって意味ですよ」

「嘘つけ。あれだけの別嬪《べっぴん》と一つ屋根の下で暮らし、仕事仲間と割り切れる男がいるものか」

鼻先で笑われた。悔しかったが、有り体に言えば、多羅尾の言うとおりである。玄蔵は、千代の色香に魅了されつつあった。否、色香云々というより、生活を共にするうちに情というか、絆《きずな》というか、恋や劣情とも違う穏やかな感情が芽生え始めている。夜な夜な、千代が寝息をたてる部屋に「行こうか、行くまいか」と悩むが、その度に希和や子供たちのことを考え、耐えているのが実情だ。つまり、多羅尾の言葉はおおむね図星であった。

障子の隙間から眺める先の正面、楓川の畔に植えつけられた柳の木の下で、見覚えのある若者が懐手をして佇《たたず》んでいる。多羅尾の配下の小人目付だ。鼠《ねずみ》の尻尾《しっぽ》のような細い髷《まげ》を月代に垂らした遊び人風の形《なり》をしている。だが、一応は幕府役人の端くれである。名は確か――中尾《なかお》仙兵衛《せんべえ》とかいった。

(仙兵衛？　せんべえ……煎餅《せんべい》かよ)

精悍《せいかん》な顔つきの密偵とその名前の落差が滑稽《こっけい》で、思わず微笑んだ刹那、その仙兵衛が、一点を見つめて懐から両腕を出した。

「た、多羅尾様……」

と、玄蔵が障子の隙間から目を離さずに呼びかけた刹那、重い足音が階段を駆け上ってきた。

ドンドンドンドン。

「多羅尾様、玄蔵さん、例の同心、来たようだぜ」

似顔絵師の千波開源である。

細く開いた障子の隙間、下からは玄蔵が、上からは大男の開源が表を覗いた。多羅尾が覗く場所がない。仕方なく、徒目付は四つん這いで障子に這い寄り、指先をペロリと嘗《な》めて、障子紙に覗き穴を開けた。

「右から来た。弾正橋の方だ」

開源が、玄蔵の頭上で囁いた。

「見えたよ。お供を連れてないな。同心が一人きりだ」

両刀を佩き、黒羽織の裾《すそ》を端折《はしょ》って帯に留めている。所謂《いわゆる》「巻き羽織」で、如何《いか》にも町方の同心風の三十男だ。御用聞きなどの手先は連れていないように見える。

「どうだ玄蔵、鈴ヶ森の同心か？」

多羅尾が四つん這いのまま質した。

「まだ分かりゃしませんよ。この距離だ」

玄蔵が苛つきながら答えた。

江戸の堀割は火除地を兼ねている。両岸とも川縁と街並とは、場所によっては一町

（約百九メートル）以上も離れていた。

見ていると、仙兵衛が本多に駆け寄り、慇懃《いんぎん》に小腰を屈めた。仙兵衛は本多を誘い、こちらに向かって歩き始めた。手筈《てはず》通りである。

「糞ッ。見え難いな。光の具合が悪い」

「だから、俺がそう申したでしょ」

多羅尾が愚痴るのを聞いて、玄蔵は冷笑した。

現在四つ（午前十時頃）少し前で、太陽は東の空の中ほど辺りに上っている。煮売酒屋は楓川に向いて立っているので、ちょうど太陽を背にして歩く本多の顔は陰になって見えづらい。玄蔵たちからすれば逆光で、眩《まぶ》しくもある。

（この時と場所を指定したのは誰だ？　多羅尾、お前だよ）

半町（約五十五メートル）にまで近づいたとき、同心が歩みを止め、仙兵衛に何事か言葉をかけた。まずいことに、本多はこちらに背中を向けており、顔が見えない。

「こっち見ねェかな、口笛でも吹いてみるか？」

似顔絵師の開源が苛ついた。

「馬鹿、止めとけ」

慌てて多羅尾が制した。

仙兵衛が懐から書付けのようなものを取り出し、本多に渡している。なんぞ商家の悪事を通報するとの口実で同心をこの場所へと呼び出したらしい。そのとき、本多が背後を気にして、ふと一瞬だけこちらを向いた。

「ああ、間違いないや」

玄蔵が、声を潜めて呟いた。

「鈴ヶ森の同心だ。筋違橋でも見た。多羅尾様、こいつですよ」

今度こそ確実だ。距離も半町だし、身を隠した場所から冷静に観察できた。

これで鈴ヶ森の同心、筋違橋の同心、南町奉行所定町廻方同心の本多圭吾が同一人物であることが確定した。

六

その日の午後遅く、本材木町から松濤屋敷へと戻った三人は、良庵と千代を交えて今後の対策を練ることにした。喫緊の課題は、鈴ヶ森刑場で振り返った本多が、玄蔵の顔を見ているのか否かであろう。

「や、見てないね。見てるはずがない」

多羅尾が自信満々に唱えた。

たのだぞ」

「そもそも、あの松の木から、小僧の磔台まで一町半（約百六十四メートル）もあっ

多羅尾が両手を大きく広げて見せた。

「玄蔵に本多の顔が見えたからといって、本多に玄蔵が見えたとは到底思えぬ。玄蔵の視力は、山中で暮らす猟師ならではのものだ。それでも『自信がない』なぞと世迷言を申して手間をかけさせおったではないか」

そう言って、ギロリと玄蔵を睨んだ。仕方なく玄蔵も、ペコリと頭を下げた。

「諸々に鑑みて、本多圭吾は玄蔵の顔を見ておらんとワシは思う」

「ならば何故、鈴ヶ森で振り向いた同心の正体を確かめたのでござるか？」

「や、それには意味があるのさ」

と、多羅尾が説明を始めた。鈴ヶ森の同心が本多圭吾と判明したからには、彼の行動を見張れる。

「北にも南にも鳥居様の協力者はたんとおる。幕府目付とはそういうものよ。もし本多圭吾が、鈴ヶ森の件につき動き始めるようなら……」

「ようなら？」

「殺すさ」

多羅尾が厳然と言い放ち、話を締めくくった。

鉄砲猟師独特の鋭い眼光と赤銅色に焼けた顔は、江戸の町場では異様に目立った。人目を忍んで狙撃をするには、不向きな容貌といえた。

「眼光の鋭さは消しようもないが、日に焼けて黒くなった面はなんとでもなるよ」

縁側に腰かけた多羅尾が体をねじり、こちらに笑顔を向けた。千代と囲炉裏端で白湯を飲みながら玄蔵が頷いた。さらに多羅尾は言葉を続けた――

「お前は陽光を避け、しばらく屋内に籠《こも》れ。面はすぐに青白くなる」

「そんなもんでしょうかね？」

「そんなもんさ」

一般に、若者なら日焼けは一ヶ月《ひとつき》半ほどで元に戻るものだ。しかし、玄蔵のそれは長年の山暮らしで肌の芯《しん》まで焼きに焼いている。言わば、筋金入りの日焼けだ。なかなか色が薄くならない。

玄蔵が江戸入りしたのは一月の中旬であった。今年は閏一月があって、今は三月初旬だ。正味二ヶ月《ふたつき》半、昼間あまり出歩かない暮らしぶりだから、随分と色は薄くなったが、それでもまだまだ黒い。街を歩けばよく目立つ。

「幸い、今の玄蔵は総髪だ。月代《さかやき》を剃《そ》るだけでも随分と人相が変わって見えような」

「あ、頭を剃るんですかい？」

ゾッとして、己が頭を両手で隠した。

「頭を剃るのではない。月代を剃るだけだ。誰でもやっておることだろうが」

「や、でも、そんな……似合わないと思うなァ」

「可笑しい……」

いつも冷静沈着な玄蔵が、月代を剃ると聞き狼狽《ろうばい》し始めたので、堪《こら》えきれずに千代が吹き出した。可憐《かれん》な笑窪《えくぼ》が両の頰に浮かんだ。これがまた――いい。

「お前、月代を剃ったことはないのか？」

「毛を剃ったことなど一度もございません」

「髭《ひげ》は？」

「そりゃ、髭は剃りますよ」

「似たようなものさ。ガキの頃はどうしてた？　前髪姿にしなかったのか？」

多くの子供は、月代を剃り、前髪を残した。

「総髪を頭の後ろで束ねておりました」

「呆れたね」

多羅尾は、珍獣でも見る目で玄蔵を眺めた。

「月代を剃るのは見栄えがどうこうじゃない。人混みに紛れて、こっそりと狙撃するためだ。いわば仕事の一環よ」

ここで多羅尾は一拍置き、ズイと顔を玄蔵に寄せた。

「おい玄蔵、まさか否《いな》やはねェだろうなァ？」

声にドスを利かせている。拒否できる空気ではない。

「それは……剃りますよ」

「誰に剃らせる？　なんならワシが剃ってやってもよいぞ？」

ニヤリと笑って、大きく袖を捲《まく》った。剛毛が生えた丸太ン棒のような腕《かいな》が露《あら》わになった。

「や、できれば千代さんで……」

さすがに、千代の方が優しく丁寧に剃ってくれそうだ。

「どのような趣きに剃りますか？」

千代が襷《たすき》を掛けながら、玄蔵の顔を覗き込んだ。

「大胆に今風にしてよし」

玄蔵の代わりに多羅尾が横から答えた。なぜか嬉《うれ》しそうだ。

「鬢《びん》も月代も広々と剃るのだ。高い元結から細い髷をヒョロリと垂らせ」

「ほ、本多《ほんだ》髷《まげ》ですか？」

千代がわずかに目を剝いた。

「いかんか？　粋《いき》だろ？」

「粋に過ぎます。吉原《よしわら》以外では目立ちます。そもそも玄蔵さんの生業《なりわい》はなに？」

「そりゃ、猟師だろ？」

「いえ、江戸での……体《てい》です」

「それは……商人だ。室町《むろまち》界隈の大店《おおだな》の手代《てだい》かな？」

「なら、小銀杏《こいちょう》にした方が穏当だと思います」

「小銀杏ね……普通だな」

「普通が一番目立たないのですから」

「分かった。小銀杏でやれ！」

千代の説得に多羅尾が応じた。

「あの……よろしく」

玄蔵が小声で弱々しく呟き、千代に会釈した。

妙なものだ。自分の髪型が、自分の与《あずか》り知らぬところで勝手に決められている。

（ま、今の俺は、鳥居や多羅尾の言われるままだ。牛か馬みたいな分際だァ。髪型ぐらい仕方ないか）

玄蔵が嘆息を漏らした。

四半刻（約三十分）ほどかけて、千代は玄蔵の月代を綺麗《きれい》に剃り落とした。髷は太からず細からず、小ぢんまりと太く短く纏《まと》まっている。髪型だけを見れば、堅気の生真面目な商人にも見えなくはない。しかし、多羅尾は満足しなかった。

「駄目だな。余計に目立つわ」

剃れと命じた多羅尾本人が、忌々しげに不首尾を嘆いた。これは千代の所為《せい》ではない。千代は上手に剃ってくれたのだ。ただ、剃ったばかりの月代の青白さと、額から下の山男特有の赤黒さが際立ちすぎて異様に目立つ。

「玄蔵さんさえ宜《よろ》しければ、薄化粧を施されては如何《いかが》？　私が仕《つかまつ》りますので」

「勘弁して下さいよ。今度は、化粧ですかい？」

千代の提案に、玄蔵は音を上げたが、多羅尾は一切容赦してくれなかった。

「黙れ玄蔵。お前は黙って言われた通りにしておればよいのだ。千代、要は玄蔵だと分からなくなればよい。月代から顎《あご》の先まで、真っ白く塗りたくってやれ、ハハハ」

（多羅尾の野郎、覚えてろよ……俺の面と髪で遊びやがって）

千代は玄蔵の頭と顔に、それと気づかれない程度の薄化粧を施してくれた。赤銅色の精悍な猟師の顔を、江戸の優しげな若衆風に作り変えたのだ。さりとて女形のように塗りたくってはおらず、目立つこともない。その塩梅《あんばい》が絶妙だ。月代を剃り、薄化粧を施した玄蔵、驚くほどの美男となった。

そもそも彼女は女忍である。変装は忍者の心得だろうし、当然その中には化粧の技術も含まれているはずだ。日焼けがとれて、顔が青白くなるまで、千代に毎日、化粧をしてもらうことになりそうである。

七

闇《やみ》の中にボウッと——白い寝間着が浮かび上った。千代は少し前屈みとなり、玄蔵の布団に白く嫋《たお》やかな右手をそっと置いた。

「慈しんでくれとは申しません。ほんのひと時の気晴らしでよいのです」

引き込まれそうな声だ。

自分がゴクリと固唾《かたず》を飲み下す音を、自分の耳で聞いた。

「女子《おなご》の肌はときに、殿方の荒《すさ》んだ心の癒《いや》しともなりましょう。他にはなに一つ求めませぬ。だから……」

――寝所の闇の中で覚醒《かくせい》した。千代の姿はない。

(ゆ、夢か……)

ホッとして、夜具の中で溜息を漏らした。

千代が眠る隣室とは、襖《ふすま》一枚で仕切られただけだ。玄蔵が劣情の赴くままに、襖を開き、千代の夜具に潜り込んでも、千代は抗《あらが》わずに、黙って身を許すだろう。多羅尾は、まるで女衒《ぜげん》かやり手婆《ばばあ》のように、千代を抱くように勧める。女との閨事《けいじ》に執着させることで、玄蔵を二重にも三重にも雁字《がんじ》搦《がら》めにしておく策とみた。

(馬鹿野郎……そうはいくかい)

二町(約二百十八メートル)と離れていない隣屋敷の庭には、妻の希和と二人の子供が軟禁され、今も心細い思いをしているのだ。劣情に負け、多羅尾や鳥居の術中にはまる訳にはいかない。

(寝よう。千代さんの色香に負けそうになるのは、俺の心が疲れている証《あかし》だ。グッスリ眠れば力が湧く。生気が漲《みなぎ》る。劣情ぐらい己が胆力で抑え込んでみせる。さあ、眠ろう)

と、寝返りを打ったが、目は冴《さ》えてしまった。悶々《もんもん》として欠伸《あくび》も出ない。

見れば障子に月明かりが射《さ》している。六日の弦月《げんげつ》は夜半前には沈むから、まだあり遅い時間ではなさそうだ。朝はまだまだ遠い。

「お早うございます」

「あ……お早うございます」

いつの間にか眠っていたようだ。朝になり「悶々の原因」に起こされた。

「多羅尾様が、巳《み》の上刻（午前九時頃）までに、化粧を済ませて母屋に来いとの由にございまする」

「宜しくお願いします」

「こちらこそ」

千代が、能面のような顔で会釈した。

千代は美貌だが、寡黙な女であった。

必要なことは喋るし、玄蔵にあからさまな敵意を示すことこそないが、今もって愛想はよくない。もう二ケ月《ふたつき》近くも一つ屋根の下で暮らしているのに、世間話や身の上話をして打ち解けた記憶もない。一度だけ、玄蔵の寝所に忍んできたことは確かにあった。しかし、それも「多羅尾から言われて、仕方なく来た」との印象で、丁重にお引き取り願ったものである。

化粧をするとなると、そんな無口な女と朝から一刻（約二時間）近くも一緒に過ごさねばならない。なんとも気詰まりになる。居たたまれなくなる。

「……あ、あれですか？」

だんまりに根負けした玄蔵が唐突に声をかけた。彼は縁側に端座し、千代に化粧を施されている。

「はい？」

千代が、白粉《おしろい》の刷毛《はけ》を動かしながら、感情の籠らない声で答えた。

「千代さんは、あの……お武家の出なのですか？」

「お喋りになると、肌が動いて白粉が斑《まだら》になります」

「す、済みません」

「いいえ」

しばらく気まずい沈黙が流れた。

（嗚呼《ああ》、取りつく島がねェなァ）

庭に植えられたカラタチに、清楚《せいそ》な白い花が咲いている。妙な植物で、花が咲く今の時期にはまだ葉が出ていない。葉の代わりに、長く鋭い棘《とげ》が多く伸びている。花と鋭い棘の組み合わせ——どこか千代を彷彿《ほうふつ》とさせて、玄蔵は内心で苦笑した。

「綺麗ですね、カラタチの花」

「はい」

反応が薄い。なんの興味も示さない。賢い女だから、美貌の女忍としての自分をカラタチに準《なぞら》えたと気づくかとも思ったが、そうでもなさそうだ。や、あるいは気づいていても知らぬ振りをしているだけかも知れない。

（ま、そんなところだろうさ）

だとすれば、心の動きを微塵《みじん》も表に出さないのは大した胆力だ。玄蔵と千代は今、刷毛を通じて触れ合って——あるいは、繋《つな》がっている。もし、千代の心にわずかでも動きがあれば、玄蔵の肌がそれを感じ取りそうなものだ。しかし、そういった兆候は一切なかった。

（多羅尾あたりの口車に乗せられて助平心を起こすと偉いことになるぞ。カラタチ女の毒棘に刺し殺されかねない）

心中で己が劣情をたしなめた。

（なにせ女忍だからなァ。千代さんばかりは、近寄らない方が身のためだ。クワバラ、クワバラよ）

以前は千代を「孤高の羚羊《かもしか》に似ている」と感じたものだが、カラタチの方が彼女の本質を、より言い当てているような気がする。

池の水面をかすかな風が吹き渡り、カラタチの花を小刻みに揺らせた。まるでなにかに怯《おび》えて身を震わせているようで、玄蔵の胸は締めつけられた。

玄蔵は、女房の希和を心底から愛している。嘘はない。

ただ、その一方で、理性では抗いつつも、少しずつ千代に惹《ひ》かれているのも事実なのだ。さらには――

「はい、できました」

千代は、玄蔵から少し離れて、遠目から化粧の出来栄えを確認した。両頬に小さく笑窪が浮かんだ。


「見違えたぞ。これがあの、猟師の玄蔵か？」

同じ日の午後、松濤屋敷の母屋、書院の広縁で、目付の鳥居耀蔵は茶をすする手を止め、目を見張った。

「まるで別人だな」

薄化粧を施され、地面に片膝立ちで畏《かしこ》まった玄蔵の姿を、満足げに眺めて幾度も頷いた。

陣笠を被り、野袴を着け、手に鞭《むち》を持っているところを見れば、どこぞに遠駆けへでも行くのだろう。

「加えて菅笠や頬被りも使いまする」

多羅尾が、慇懃な態度で説明した。徒目付は目付の下役で、指揮監督を受ける。

「化粧の塩梅も様々に変化させますので、狙撃者としての玄蔵の顔が、敵方に特定されることはまずは心配なかろうかと」

「これは、化粧をしておるのか？」

鳥居は、腰かけている広縁から身を乗り出し、玄蔵の顔をマジマジと眺めた。

「御意ッ」

「そうは見えんが」

「薄化粧にございまする。女忍に、仕らせましてございます」

「ほう、化粧も忍《しのび》の術か」

「御意ッ」

「ま、この程度なら構わぬのだろうが……心配なこともある」

鳥居が、鞭を手にしたまま腕を組み、首を捻《ひね》った。

「おそらく、再来月の半ばまでには、綱紀《こうき》粛正《しゅくせい》と奢侈《しゃし》の禁止が柳営から発令されるであろう」

「綱紀粛正にございまするか？」

「然様じゃ。男の化粧には、特に町奉行所が目を光らせる。注意するに越したことはないからな」

この閏一月に大御所家斉《いえなり》が江戸城西之丸で薨去《こうきょ》して以来、江戸の町には近々「贅沢《ぜいたく》禁止令が出される」との悲観的な噂《うわさ》が広まっていた。贅沢の禁止といえば聞こえはいいが、徐々に文化や芸術、庶民生活の隅々にまで制約をかけてくるはずだ。筆頭老中の水野忠邦《みずのただくに》が、新将軍家慶《いえよし》の後援の下に全権を掌握、いよいよ享保《きょうほう》の改革、寛政《かんせい》の改革を模した第三番目の改革が始まるらしい。

「今はまだよいが、五月までには、化粧は止めさせた方がいい」

「御意ッ」

多羅尾が頭《こうべ》を垂れ、顔を上げ、言葉を続けた。

「ただ、玄蔵めは猟師という仕事柄、日焼けが酷く、止むを得ず化粧という手段をとりましたもの。五月の半ばならまだ二ヶ月《ふたつき》以上ございます。玄蔵の顔も青白くなっておりましょう。化粧は無用となりまする」

「然様か。ま、お前なら抜かりはあるまい」

と、多羅尾に笑顔で頷いた後、控える玄蔵にも笑顔を振り向けた。

そう言って鳥居は残った茶をグイと飲み干し、広縁から腰を上げた。

「お前も、頼んだぞ」

「なあ、玄蔵」

幕府目付が、鞭の先で玄蔵を指した。

「ははッ」

片膝立ちのまま、頭を垂れた。この陰鬱な目の男から命じられ、女房が手に捧げ持つ蜜柑《みかん》を、半町（約五十五メートル）の距離から撃たされたのだ。首尾よく撃ち抜けたからいいようなものの、毫《ごう》ほども手元が狂えば、女房の指か手を吹き飛ばしていたかも知れない。あの恨みだけは忘れない。

「お前は、丹沢《たんざわ》では有名な鉄砲撃ちであったそうな」

「畏れ入りまする」

と、答えながら「今もその積りだよ」と心中で言い返した。

「お前は確か、一ヶ月《ひとつき》半前に人を撃ったはずだな？」

「……はい」

嫌な話題になりそうだ。

「どうだ。人を撃つのと獣を撃つのとで、違いはあるものか？」

「はあ……」

　少し迷った。本当のことを言うべきか。穏当な返事をするべきか。迷った挙句に、玄蔵は後者を選んだ。

「然程の違いは感じませなんだ」

「鉄砲を撃ち、的に中《あ》てる……そこに違いはないと申すのだな？　気持ちの在り様はどうか？」

「初めは、確かに恐ろしゅうございました。なにせ人を撃つのですから」

「そこは分かる。で、今はどうだ？」

「少しだけ度胸がついたような気も致しまする」

　嘘八百を並べた。

　人を撃つのと獣を撃つのとは大違いだし、磔台の小僧を撃ったことで度胸がついたとも思えない。しかし、正直に伝えたところで、状況が変わるはずはない。自分と女房子供の身が安全になるわけでもない。鳥居が喜ぶように振舞い、発言し、少しでも心象をよくしておくに如《し》かず。

「然様か、それは重畳《ちょうじょう》……多羅尾、ワシが申した通りであったろう」

　と、機嫌よく鞭で多羅尾を指した。

「一度殺せば度胸がつく。二度目、三度目とどんどん楽になるぞ。手が震えるのは最初の一度きりよ。辛いことには慣れる。楽なことには倦《う》み飽きる。蓋《けだ》し、人とはそういうものである、ハハハ」

鳥居は、そのまま従者二人を引き連れて表門の方へと立ち去った。

八

深々と頭を垂れ、上役を見送った多羅尾が顔を上げた。玄蔵を見て皮肉な笑みを浮かべている。

「へへへ、玄蔵さんよォ……この大嘘つきが」

「大嘘だァ？」

「お前、人を撃つのと獣を撃つのは『然程に変わらん』と言ったろう」

「そ……」

さすがに取っ組み合いを演じたほどの仲だ。どうやら多羅尾には、本心を見透かされていたらしい。勿論、今後とも素直に認める気はない。そもそも多羅尾に負けたようで悔しい。それに所詮《しょせん》こやつは鳥居側の人間なのだ。本心など明かせるものか。

「御意ッ」

「嘘なんぞついちゃいませんよ」

この場には多羅尾と二人きりだから、遠慮なく立ち上がって伸びをした。今まで鳥居が腰かけていた広縁に、自分も腰をかけてみた。まだ尻の温《ぬく》もりがかすかに残っており、気色の悪いこと甚《はなは》だしい。玄蔵は顔をしかめ、少しだけ尻をずらした。

（幕府のお偉いさんも、丹沢の猟師も、尻が温いことに違いはねェらしいわなァ）

母屋は、隠居屋より木立が離れており、その分空が広く見渡せる。一応は晴れているのだが、全天に薄くおぼろな雲がかかった、よく見る春の空だ。

「いやいや、嘘をついておる」

多羅尾が腕組みをして、玄蔵の前に立ちはだかった。

「お前はな、鈴ヶ森で『人を殺した』とは思っておらん」

「……どうですかね」

不貞腐《ふてくさ》れた態度で横を向いた。大人げないとは思うが、なにしろ、多羅尾に指摘されるのは不快だった。

「お前自身が申したではないか」

そう言いながら多羅尾は歩み寄り、玄蔵の傍らに並んで腰かけた。その位置が妙に近い。中年男の体臭と温もりが直《じか》に伝わった。

（糞が……傍に寄るな）

心中で悪態をつきながら、また尻をずらそうとした。しかし、鳥居が飲んだ茶碗《ちゃわん》が往く手を塞《ふさ》ぎ邪魔をする。前門の茶碗、後門の中年男だ。玄蔵は小さく舌打ちし、茶《ちゃ》托《たく》ごとずらしてから、あらためて尻を動かし、多羅尾と大きく距離をとった。

「ワシが『小僧を撃ち殺した』と言ったら、お前は目を剝いた」

「よく覚えてません」

本当は、一言一句正確に覚えている。

「あれは人殺しじゃない。逆だ。人救《ひとだす》けだと、苦しみを除いてやっただけだとお前は言った。ただ、そう思いたいだけで、実相は、正真正銘人を撃ち殺したのよ。そこから目を逸《そ》らすな」

（人の心にヅカヅカ踏み込んできやがる。嫌な野郎だ）

最前、鳥居の前で片膝立ちをしていた左膝が土で汚れている。玄蔵は手を伸ばして土汚れを荒々しく払い落とした。

「次こそが、お前の本番だ」

多羅尾が声を潜め、早口で囁いた。

「日付が決まった」

「え？」

「明後日《あさって》、三月九日に決行する」

「明後日？　急ですね」

「不都合か？」

「支度が間に合いますか？」

「ふん……」

多羅尾は少し考えてから答えた。

「目の前に鹿《しか》が現れた。猟師を見て逃げていく。支度が間に合わないからと、急だったからと、お前は獲物を諦《あきら》めるのか？」

「それとこれとは話が違うから」

牽強付会《けんきょうふかい》だと思った。

「違うものか」

多羅尾が勝ち誇ったように笑った。

「お前は最前、鳥居様に対し、人を撃つのと獣を撃つのとで然程の違いはないと、はっきり申したではないか？　つまり同じなんだよ、狩猟も人殺しもな」

「……」

喧嘩では勝っても、議論では負ける。ま、一勝一敗だ。五分の結果で納得しておくことにした。

「案ずるな。良庵と仙兵衛がすでに動いておる。手筈に抜かりはない。もし間に合わなければ順延とすればよいだけだ」

「本当に延期ですね？　無理矢理で強行するのは御免ですよ」

「お前には、これから十人撃って貰わねばならぬ。少なくとも最初の内は、慎重の上にも慎重を期すさ」

「本当ですね？　約束ですよ？」

「武士に二言はない」

しばしの沈黙が流れた。

玄蔵は、おぼろ雲に霞《かす》んだ春の空を見上げた。

おぼろ雲は、空の高みに浮かぶ高層雲だ。山でこの雲を見ると、天候は下り坂——翌日か、翌々日には雨が降りだす。長居は無用と帰り支度を始めたものだ。狙撃をする明後日の空模様は如何《いかが》であろうか。

「標的は例の……並び鷹の羽のお殿様ですか？」

「そうだ」

と、多羅尾が珍しく真剣な眼差《まなざ》しで頷いた。

「詳しい手筈は、今宵、良庵の方から伝えさせる」

「承知しました」

良庵は賢いし、慎重な性質だ。無理な絵図を描きはすまい。とりあえずは様子を見ようと多羅尾に頷いた。

ここで多羅尾が声を潜め、顔を近づけた。

「標的の名を訊かんのか?」

顔は真面目だが、目が笑っている。玄蔵のことをからかっているのだ。

「どうせ、教えちゃくれないんでしょ?」

「ああ、教えんな」

ニヤリと相好を崩した。やはりこいつ——嫌いだ。

第二章　仕舞屋《しもたや》と煮売酒屋《にうりさかや》

一

その夜、隠居屋の囲炉裏端《いろりばた》には、いつもの顔ぶれが揃《そろ》った。

標的――並び鷹《たか》の羽の殿様――の行列は登城の折、上野寛永寺《うえのかんえいじ》から三橋《みはし》を渡って下谷広小路《したやひろこうじ》、将軍御成道《おなりみち》を南下、筋違橋で神田川を渡る。その途中のどこかで狙撃《そげき》することになるだろう。

「登城時間はおおむね決まっているが、下城はいつか分からん。早い日もあれば、遅い日もあろう」

多羅尾は、登城時に――つまり往路で狙撃すべしと主張した。江戸の町は左側通行である。南下する標的を狙《ねら》うなら、道の東側から撃つ方が近い。

「もっとも、大名衆や御大身《ごたいしん》は、威張って道のド真ん中を歩き勝ちにござる」

一同から苦笑が漏れた。

「となれば道の東側、西側、どちらからでも狙う距離は然程《さほど》に変わらん。ただ、もし行列同士がすれ違いでもすれば、片側に寄りましょうから、ま、大事を取って今回はここに狙撃場所を確保致したでござるよ」

良庵が、拡《ひろ》げられた江戸切絵図の一点を指で叩《たた》いた。不忍池《しのばずのいけ》から流れ出る忍川《しのぶがわ》のすぐ南、下谷広小路に面した北大門町《きただいもんちょう》だ。北を上にした絵図で見れば広小路の右に見えるから、東側ということになる。

「下谷広小路の道幅は、差し渡しで二十間（約三十六メートル）ほどござる。標的が道の真ん中を歩いたとすれば、狙撃距離は十間（約十八メートル）だ。仕舞屋《しもたや》の二階から狙うとして、玄蔵さん、如何《いかが》でござるか？」

そう言って良庵が玄蔵を見た。

「六匁筒《もんめづつ》かゲベール銃を使えば楽勝。ただ気砲を使うならギリギリになる……でも、なんとか当てますよ」

凄腕《すごうで》の猟師が答えた。

「あんな繁華な場所で火縄銃をドカンと撃てるかよ。下手《へた》をすれば公方《くぼう》様の御威光にも関《かか》わりかねん。気砲でいけ、気砲だ」

「頭を撃ち抜けばいいんですよね？」

と、多羅尾に確認した。頭に当たれば、さすがに死ぬだろう。

「どうだ鉄砲名人……耳の穴を狙えんか?」

「み、耳の穴に? なぜです」

多羅尾の無茶な申し出に玄蔵はわずかな眩暈《めまい》を覚えた。

「上手《うま》くすれば頭の中で血が固まり、耳からの出血はわずかで済もう。卒中死と勘違いしてくればしめたものよ」

銃撃による暗殺であることが露見すれば噂《うわさ》が広まる。誰《だれ》もが警戒し始めるし、町奉行所も威信をかけて捜査に乗り出すだろう。総じて、今後の仕事が「やり辛《づら》くなる」というのだ。

「仰《おつしや》ることは分かるが……標的は馬上で動いてる。距離は十間、得物《えもの》は非力な気砲、標的の大きさはわずかに三分(約九ミリ)……無理ですよ。一町半(約百六十四メートル)離れて走る鹿《しか》の首を射抜く方がまだやれる」

「駄目か?」

「無理です」

「どうしても無理か?」

「無理です」

「役に立たん奴《やつ》だ」

「無理なものは無理です」

「密《ひそ》かに殺せんようなら、せめて確実に殺せ」

多羅尾が癇癪《かんしゃく》を起こした。

「いいから六匁筒でも大筒でもなんでも使え。ひと思いに久世《くぜ》の野郎の頭をぶっ飛ばせば……ああッ、しまったァ！」

多羅尾がなにかに気づき、目を剝《む》いて手で口を押さえた。千代は囲炉裏の炎に視線を落とし、良庵は天井を仰ぎ見た。開源だけがキョトンとしている。

（ふん、多羅尾の馬鹿野郎め。これで二つのことが判明したな）

玄蔵は、表面上はとぼけながら、内心では苦笑していた。

（まず、並び鷹の羽の殿様は、どうやら『久世』というらしい。次に、開源さんと俺《おれ》以外の三人は、標的が久世であることを知っていたようだ）

「拙者、ご提案がござる……よろしいか？」

空気を読んだ良庵が介入し、己《おの》が失態に硬直し、プルプルと小動物のように震えている多羅尾に助け船を出した。

「玄蔵さん、どうしても無理なら仕方ない。ごり押しはしないでござる。ただ、一度現場に行かれてみては如何でござろうか。北大門町の仕舞屋に」

「実際の現場を御覧になれば。玄蔵さんにも、なにかよい手立てが思い浮かぶかも知れませんね」

千代がうつむいたまま良庵に同調した。

「でも、仕事は明後日《あさって》でしょ？」

このままなし崩しに話が進んでは困る。玄蔵は、良庵と千代に向かって反論した。

「明日現場を見るとして、その翌日にはぶっつけ本番になる。考える暇もない」

「あの……」

押し黙っていた多羅尾が発言を求め、一同は指揮官に向き直った。

「五日ほどなら、先に延ばしても構わん」

消え入るような声で囁《ささや》いた。

「五日……多羅尾様、本当によいのでござるか？」

「ああ、拙速はいかんからなァ。その代わり……」

ここで多羅尾は顔を上げた。眉尻《まゆじり》が下がって「への字」になっている。なんとも珍妙な顔だ。

「標的の名を口走ったこと、鳥居様には内緒にしてくれ、頼む」

への字眉のまま、片手で玄蔵を拝み、憐《あわ》れみを乞《こ》うた。

「俺、言いつけたりはしませんよ」

これは本心である。多羅尾は嫌いだが、鳥居はもっと嫌いだ。

「お前らも、約束してくれ、頼む」

と、良庵たちをも片手で拝んだ。

明日、その北大門町の仕舞屋へ下見に行ってみることを決め、その夜の評定は散会となった。最後の最後まで多羅尾に元気は戻らなかった。

翌朝は、黒雲が重く垂れこめる曇天であった。いつ雨が降り出してもおかしくない空模様だ。

(ほら見ろ。おぼろ雲が出ると、いずれ雨が降り出すんだ)

些細《ささい》なことだが、予見がピタリと当たり、玄蔵の気分はよかった。陽差《ひざ》しがなく薄暗いのも助かる。菅笠《すげがさ》を目深に被《かぶ》れば、ほとんど顔は見えなくなるから、化粧も形だけ薄く塗れば十分だろう——と高を括《くく》ったのだが、千代はいつも通りに一刻《いっとき》(約二時間)近くの時間をかけ、入念に化粧を施した。こちらの方の予見は見事に外れた。

「では、いって参ります」

「いってらっしゃいませ」

型通りの挨拶《あいさつ》を交わして、隠居屋を出た。千代は縁側に三つ指を突いて見送ってくれたが、その顔には微笑一つなく、まるで能面である。

（千代さんも女だ。俺とこうして一つ屋根の下で暮らしていることを、どう思っていなさるんだろうか）

玄蔵は、千代との距離感に悩んでいた。

松濤から下谷広小路までは三里（約十二キロ）ほどの距離だが、先頭を歩く多羅尾の足が異様に遅い。よたよたと半病人のような歩みだ。このままだと到着するまでに二刻（約四時間）以上を要しそうである。

「多羅尾様、もう少し急ぐでござる。到着が昼頃《ごろ》になってしまうでござるぞ」

「ああ……」

うめくような返事が戻ってきた。

この十日ほどの間に、多羅尾には立て続けに不快な出来事が起こった。喧嘩《けんか》で頭突きを食らったし、上役から叱責《しっせき》も受けた。掏摸《すり》に鹿革《しかがわ》の巾着《きんちゃく》を掏《す》られ、ついにはお役目上の秘密までうっかり口外してしまったのだ。

「ワシはもう駄目だ。老耄《ぼけ》てしまったのに相違ない」

意気消沈し、うつむき、背中を丸め、とぼとぼと歩いている。

「家督を長男に譲って、潔く隠居しようとも思うのだが、良庵、玄蔵……お前らはどう思う？」

と、猫背の徒目付《かちめつけ》が訊《き》いてきた。

「知らんでござるよ」

良庵はそっけなく答えたが、さすがに「愛想がなさ過ぎだ」と反省したようで、引き攣《つ》った笑顔を浮かべて多羅尾に言葉をかけた。

「ご、御子息はお幾つにござるか？」

「五つ」

「家督と仰《おつしや》るからには、多羅尾家は御譜代《ごふだい》にござるか？」

御家人身分にも譜代はいる。幕府創成期、初代家康から四代家綱《いえつな》の時代に、与力《よりき》や同心として徳川家に仕えた者の子孫だ。言わば、由緒正しき御家人である。それ以降に登用された者は抱席《かかえせき》と呼ばれ、二半場《にはんば》はその中間の家格だ。

「そう。譜代だよ……神君伊賀《いが》越えの折に功あった多羅尾四郎右衛門光俊《しろうえもんみつとし》の……ま、末の末だわな」

「それは凄《すご》い。歴史に名を刻む名門ではござらぬか……ね、玄蔵さん？」

「……はあ」

同意を求められても、なんのことやらよく分からない。仕方なく愛想笑いだけを返しておいた。

「や、本家は今も大身だが、うちは庶家だから」

「それでも血脈は繋《つな》がっているのでござろう」

「うん。系図も一応残っている」

「神君以来の歴《れっき》とした御譜代か……多羅尾様は今少し、自尊の念を持たれても宜《よろ》しいでござるよ」

「自尊の念か……」

そう呟《つぶや》き、しばらく考えていたが、やがて――

「まあな。確かにそれも一理ある」

後方から見ていて、良庵におだてられた多羅尾の猫背が、徐々に伸びていくのがよく分かった。

「ワシの先祖がおらなんだら、東照神君は伊賀の山中でお陀仏《だぶつ》だったのやも知れんのだからなァ」

多羅尾の声が躍り始めた。

(先祖を褒められて、そんなに嬉《うれ》しいもんかねェ)

玄蔵の祖父は、伊勢原《いせはら》の地で鉄砲猟師になった。それ以前のことはよく分かっていないし、興味もない。祖父の話では樵《きこり》か炭焼き——なにしろ、山仕事で生計を立てていたようだ。

「その通りでござるよ」

まだ良庵は多羅尾をおだてている。

「つまりワシは、御公儀に貸しがあるということか」

「然《しか》り然り、まさに然り」

「うん。なんだか、手足に力が漲《みなぎ》ってきたぞ」

「さすがは、多羅尾様にござる」

ちょうど渋谷に向かって道玄坂《どうげんざか》を下っているところだ。多羅尾の歩く速さが増したのは、下り坂の所為《せい》ばかりではあるまい。三人の頭上をカラスが三羽「アホー、アホー」と長閑《のどか》に鳴きながら飛び去った。

坂の下には渋谷川《しぶやがわ》が、北から南へと流れ、木製の富士見橋《ふじみばし》がかかっている。その橋の向こう側は富士見坂（宮益坂《みやますざか》）が上っており、坂道の左右には武家屋敷が立ち並び始めた。

ここから先には、青山の武家屋敷街が連なっている。

ちなみに、道玄坂の名は、この地に出没した野盗の名に由来するそうな。大和田太《おおわだた》郎道玄《ろうどうげん》――鎌倉期に滅亡した和田《わだ》一族の残党であるらしい。

上野寛永寺門前の下谷広小路は、忍川が横切る三橋から、新黒門町《しんくろもんちょう》に突き当たるまで、北から南へ二町（約二百十八メートル）ほど続く大通りである。火除地《ひよけち》を兼ねており、矢鱈《やたら》と道幅が広い。多羅尾の言葉通り、幅二十間（約三十六メートル）はありそうだ。ここまでくると、道というより広場か。

両側には繁華な町屋が続き、一角には呉服商の「いとう松坂屋《まつざかや》」が、豪奢《ごうしゃ》な店舗を構えていた。

商人の町に溶け込むため、今朝の三人は装束《しょうぞく》にも配慮していた。いつもの江戸見物の百姓風ではない。三人とも「公用のいそぎ旅から戻った大店《おおだな》の奉公人」の体《てい》だ。菅笠を被り、小袖《こそで》の尻を端折《はしょ》り、股引《ももひき》に草鞋《わらじ》、手甲脚絆《てっこうきゃはん》を着け、腰には道中差を佩《お》びていた。

「ほら三軒向こう……髪結《かみゆい》の看板がみえるでしょ。あの向こう側ですから」

良庵が、いつもの「ござる言葉」を封印し、商人風の言葉で伝えた。胡乱《うろん》な三人組が空家《あきや》に出入りしている――良庵がことさらに明るく振る舞うのは、そんな噂が近所で立たないように、との配慮だろう。

「ほうほう、なかなか良さそうな仕舞屋ではないですか」

渋谷道玄坂以来、すっかり復活した多羅尾が、芝居気たっぷりに応じた。

いとう松坂屋の並び、北へ数軒を隔てた髪結床の隣に、良庵が目をつけ、借り上げている空家はあった。荒物商上がりの老夫婦が、最近まで住んでいたという仕舞屋である。間口三間（約五・四メートル）、広小路に面した表店《おもてだな》で、引戸の玄関と格子窓が設《しつら》えてあった。元々は広く開口され、荒物を商う店舗だったのだろう。盗難に備えてか、玄関も窓も、格子の縦桟《たてさん》が密な縦繁格子《たてしげこうし》を使ってある。

（外から見え難いのはいいが、桟と桟の隙間《すきま》が狭すぎる。銃口を出し辛そうだ）

玄蔵は、菅笠の縁《へり》を手で摘まみ、空家とその周囲を見回した。

（二階も格子窓か……ま、縦桟を一本外せばなんとかなるだろう）

「さあさ、玄さん、中に入ってよく見せてもらいましょうよ」

多羅尾が明るい笑顔で促した。

（なにが玄さんだよ……お前さっきまで、死んだ魚みてェな目をしてたんじゃねェのかい）

苛《いら》つきながらも、大人しく先祖自慢の徒目付に従った。

二

玄関の格子戸には大層な錠前が掛けてあり、鍵《かぎ》を手に良庵はしばらく奮闘していたが、やがて無事に開錠された。引戸は少し軋《きし》んで開いた。玄関を入ると広い土間で、荒物屋を営んでいた頃は、ここに箒《ほうき》や笊《ざる》、桶《おけ》や縄《なわ》などの日用品が並べられていたのだろう。

「なにか臭《にお》いますなァ。空気が淀《よど》んでおる。幾度か来ているのでござるが、やはり人が住まないと、どうしても家はくたびれるでござるよ」

「この界隈《かいわい》は湿気が多いのだ。なにしろ土地が低いからなァ」

多羅尾の言葉の通りだ。

地名が「下谷」というぐらいで、北に上野山、西に本郷《ほんごう》台地、東と南には大川《おおかわ》（隅《すみ》田川《だがわ》）と神田川が流れている。確かに湿気は多そうだ。

中に入ると、間口こそ狭いが、奥行きのある所謂《いわゆる》「鰻《うなぎ》の寝床」のような家屋であった。三ヶ月《みつき》ほど空家だったが、気温の低い時季だったので、小体《こてい》な中庭の雑草は然程に繁茂《はんも》していない。屋内も黴臭《かびくさ》いというほどのことはなかった。ただ、獣が侵入した形跡があり、一階では猫だか鼠《ねずみ》だかの小便がかすかに臭った。

急峻《きゅうしゅん》な階段を上り、通りに面した二階の居室に行ってみた。

「障子《しょうじ》、開けてもいいですか？」

「構いませんよ。むしろ派手に堂々と開けるでござる。我々はお店者《たなもの》で、この仕舞屋を借りるか否か、見定めに来たのでござる。変にコソコソとしていると、かえって怪しまれるでござるよ」

良庵の言葉に従い、障子を開け、空気を入れ換えた。障子の外に縦繁格子が設えてある。縦桟の間から下谷広小路がよい具合に望まれた。

「どんな塩梅《あんばい》だ？」

多羅尾が小声で訊《き》いてきた。

「少し縦桟の幅が狭すぎますかね」

幅は一寸（約三センチ）ほどだ。銃口を出せないというほどではないが、もう少し余裕が欲しい。

「撃てはするのか？」

「ま、なんとかかね。それに、標的は馬に乗って右手からくるのでしょ？　お供の衆より首二つは出てるだろうし、見易《みやす》そうだ。狙うのに不都合はありません」

玄蔵も小声で答えた。

「ね、玄蔵さん、拙者、標的になったつもりで、広小路の真ん中辺りを、右から左に歩いてみるでござるよ」

「助かります。できれば、馬が歩く速さでやってみて下さい」

「了解。暫時待つでござる」

良庵が階段を駆け下りて去ると、多羅尾は折角開けた障子戸を閉め直した。

「障子を開けたまま銃を構えるわけにもいくまい。細く開いて、その隙間から狙うことになる。本番と同じ条件でやってみろ」

「はい」

しばらく待つと、十間（約十八メートル）先の広小路を、右から左に良庵がゆっくりと歩くのが見えてきた。

（やはり、視野が狭いな。広くは見通せん）

馬の歩みは、人と同等か、やや遅いぐらいだ。それを意識して良庵はゆっくり歩いてくれたのだろうが、細く開いた障子、さらに外側の縦繁格子、それらの隙間から狙うのだから見え難いし、発砲の機会がほんの一瞬しかないことは明らかだ。

「気砲を使うんですよね？」

心配そうに窺《うかが》う多羅尾へと振り返り、確認した。

「ああ、そうだ。音がしない方がいいからな」

多羅尾が頷《うなず》いた。

(ここから広小路の真ん中までおよそ十間、この距離なら火縄銃やゲベール銃に比べ威力で大きく劣る気砲でも、十分に致命傷を与えられるだろう。ま、そこはいい)

問題は縦繁格子の見え難さと、標的が右手から左方向に動いていることだ。

「格子の縦桟を一本だけ外せませんかね?」

「通りから目立つだろう。前歯が一本欠けても人相が変わるようなもんだ」

「ま、そうですね」

そこへ息を切らせ、良庵が階段を駆け上ってきた。玄蔵は良庵に会釈をして、労をねぎらった。

(有利な点と不利な点があるな)

そう胸算用を弾《はじ》いた上で、多羅尾と良庵に向き直った。

「まず、耳の穴に入れるのはとても無理です」

「またまた、気弱なことを申すな」

多羅尾が引き攣《つ》った笑顔を見せた。ゴリ押しする気のようだ。

「お前、ここに来れば『なんとかなる』と申したではないか」

「そんなこと言ってませんよ」

「や、確かに言った。ワシのこの耳にお前の声が残っとる」

と、己が耳を指さした。デタラメだ。そんな安請け合いをするはずがない。真実の証言を求めて良庵を見たが、困ったように目を逸《そ》らされた。

「耳の穴は無理でも、頭を射抜くだけならなんとかします」

「だから……頭を撃ち抜くと、大量に血が流れ、一発で狙撃だと露見するだろう。以降の仕事がやり辛くなると幾度も申したではないか。お前はこれから十名の悪人を倒さねばならんのだぞ。どうしても標的の耳に弾を入れるのだ。卒中で死んだことにするのだ」

多羅尾が苛つき始めている。話しぶりで分かる。

「無茶ですよ」

「せめて髷《まげ》の中に撃ち込めないでござるか」

良庵が議論に割って入った。

「発砲音はないし、髪の毛の中で出血すれば、供の者たちが狙撃だと気付くのに時がかかる。ここを特定するには、さらに時を要する。その隙に我々は悠々と逃走するでござるよ」

良庵が妥協案を示したのだが、多羅尾は頑なだった。

「駄目だ。耳を狙え。外してもいいから耳を狙え」

「はあ？『外してもいいから』だと？　意味が分からないや。それって、どういうことです？」

多羅尾に詰め寄ろうとする玄蔵を良庵が制した。

「多羅尾様が仰りたいことは、つまり……」

良庵が、多羅尾に代わって暴論の主旨を解説した。

「耳の穴を狙って撃って、もしわずかに外れても、耳の周辺に当たれば、まず命は奪えるでござろう。上手くすれば耳の中に入る。両睨《りようにら》みの策で参ろう、という意味にござろう」

「良庵、違う。そうではない。『外してもいいから』とは言葉の綾《あや》だ。ワシの本意は耳の中を狙って撃ち『決して外すな』ということだ」

「だから無理だと言ってるでしょう。話にならねェ。この策は筋が悪い。一度練り直して下さい」

「何様のつもりか！　策を練り直せだと？　甘えたことを申すな。お前は黙って、ワシの下知《げち》に従っておればよいのだ！」

通りにまで聞こえそうな怒鳴り声である。慌てた良庵が、多羅尾に抱き着くようにして制止した。

「俺ァ、金輪際撃たねェよ」

と、玄蔵は小声で返し、その場に座り込み、腕を組んだ。

「貴様、女房子供がどうなっても構わぬというのだな？」

多羅尾も声を潜め、玄蔵を上から睨みつける。

「それはそれで困るけどよ。ただじゃ済まないのは、多羅尾様、あんたも同じじゃないのかい？」

玄蔵は完全に開き直って——というよりも、頭に血が上っていた。

「折角味方に引き入れた鉄砲撃ちと折り合いが悪く、喧嘩ばかりしている。挙句に狙撃を拒否までされた。これってどうなんですか？　鳥居様は、あんたのことをどう思うかね？　そうそう、取っ組み合いの現場も鳥居様は見ておられるしなァ」

「な！」

多羅尾の顔色が変わった。

「玄蔵、貴様……」

と、腰の道中差に手をかけた。それを見た玄蔵も座ったままで道中差を摑《つか》む。一触即発である。

（おいおい、武家相手に刀で勝負は拙《まず》いだろう。しかも俺は座ってる。据え物みてェに斬《き》られるのが落ちだ。だからって今さら退《ひ》くに退けねェし、どうするかな……）

「双方、そこまでにござる！」

決死の良庵が間に入って両者を別《わ》けてくれた。玄蔵は胸を撫《な》で下ろした。

「今回ばかりは、多羅尾様にも非がござる。どうして耳の穴にそこまで固執されるのか？　玄蔵さんが無理だと言うなら、次善の策を講じるべきにござろうよ」

「そうもいかん。色々とあるのだ」

「どんな色々でござるか？」

吐き捨てるように言った。

「それは……」

ここで多羅尾は道中差から手を放し、大きく長く息を吐いた。

「実はな……」

なんのことはない。要は「耳の穴に弾を撃ち込み、卒中死に見せかける」との策を思いついたのが鳥居耀蔵だというのだ。

「なるほどね……」

すべてを悟った良庵が、呆《あき》れ果てた風に嘆息した。

「お目付様の御発案を、ワシが無理だと断れるはずもなかろう」

しかも鳥居は、耳穴の策を「十年に、否、百年に一度の名案」と自画自賛しているそうな。「余計に断り辛いのだ」と多羅尾が肩を落とした。

ギギッ。

階下で玄関の引戸が軋む音がした。一瞬、凍りついたのだが、多羅尾が「仙兵衛だろう。心配ない」と言う間に、軽快な足音が階段を上ってきた。

「仙兵衛か？」

「然様《さよう》にございまする」

町人姿の若い小人《こびと》目付が、大きな紙包を手に襖《ふすま》の陰に姿を見せた。おそらくは気砲であろう。分解して持ち込んだのだ。

「拙者に一つ策がござる」

良庵が話を元に戻した。

「鳥居様も玄蔵さんも、ある程度は納得しうる妥協策にござる」

良庵が再度妥協案を思いついたようだ。このぐらい新たな策がポンポンと浮かばねば、軍師などは務まらないのだろう。

「決行日は明日のはずでござったが、五日は延期可能とか？」

「ああ、五日なら待つ」

多羅尾が頷いた。

「では、その五日の間、玄蔵さんはこの家に寝泊まりし、この窓から気砲で広小路を歩く人の耳穴を狙って頂く。無論、弾は装塡《そうてん》せずに。空気も入れずに。格好だけ当てるつもりで狙って頂く」

「なんのために？」

多羅尾が苛々《いらいら》と質《ただ》した。

「予行演習にござる。今は無理と思われても、五日も鍛錬を積めば、ひょっとしてやれるようになるかも知れない。一方で、鉄砲名人の玄蔵さんが五日も鍛錬し、それでも尚《なお》『無理だ』と判断されたなら、発案者の鳥居様の面目《めんぼく》も立ち、さすがに納得されるのではござるまいか」

「な、なるほど」

確かに、やるだけやってみましたが駄目でした。努力してみましたが無理でした。と伝えた上でなら、策の練り直しを提言しても、鳥居の機嫌を然程に損ねないですむかも知れない。

「玄蔵、その伝でいくか?」

多羅尾に質され、玄蔵が頷いた。

三

方針が決まると、早速に玄蔵は持ち込まれた気砲の梱包《こんぽう》を解き、組み立てに取り掛かった。

気砲は和製の空気銃である。銃身は鉄製、機関部は真鍮《しんちゅう》製だ。大量の空気を溜《た》め込み、その圧力で鉛の弾丸を撃ち出す。

分解して運んだのには理由がある。長さだ。全長が五尺(約百五十センチ)もある。通常の火縄銃より長いのだ。

「その弾は、どれくらい飛ぶんですか?」

玄蔵の組み立て作業を見物していた仙兵衛が訊いた。

「空に向けて撃てば三町(約三百二十七メートル)近くも飛びましょうが、殺傷力があるのは精々二十間(約三十六メートル)、狙って当てて、人を倒す気なら十間(約十八メートル)にまで近づきたいですね」

「火薬を使わないのに相当な威力だな」

と、中間《ちゅうげん》上がりの小人目付が呟いた。実はその通りで、空気銃は子供の玩具《おもちゃ》ではない。歴《れっき》とした武器だ。欧州では、発射音が小さいことに着目、狙撃銃として使われた実績がある。樹上や茂みに隠れた狙撃兵が密《ひそ》かに撃ちだす凶弾で、将軍や指揮官が命を落とした。ただし、射程が短いので標的に肉迫せねばならず、狙撃兵の方も命懸けになる。

十七世紀に献上され、幕府の宝物蔵で眠っていた阿蘭陀《オランダ》製の空気銃「風砲」が修理に出された。二十三年前の文政《ぶんせい》元年（一八一八）のことだ。修理を請負ったのは当代一の鉄砲鍛冶国友一貫斎《くにともいっかんさい》である。彼は風砲を修理すべく分解してみたが、その過程で風砲の持つ技術的欠陥を看破したし、解決策もすぐに思いついた。

翌文政二年（一八一九）。一貫斎は風砲を元にして、独自の改良を加えた空気銃「気砲」を製作した。国産空気銃の第一号である。

「三十五両（約二百十万円）もする高価な鉄砲だ。丁寧に扱ってくれよ」

仙兵衛の背後から、銭に吝《しわ》い多羅尾が組み立て作業中の玄蔵に念を押した。

「多羅尾様……鉄砲に限らず、道具を大事にしない猟師は、山で長生きできないってご存知ですかい？」

「それは知らんが、ま、精々大事にして長生きしてくれ。その方がワシも助かる」

そう言ってニタリと笑った。忌々しい顔つきである。雑念を払い、作業に集中することにした。

表では雨が降り出したらしい。屋根瓦《やねがわら》を打つ雨音が屋内にも伝わってきた。

「ほら、できた」

ほどなく組み立ては終わった。

美しい細身の鉄砲である。空気銃だから、黒色火薬の爆轟《ばくごう》の衝撃に耐える必要がない。つまり、銃身の鉄が薄くて済むのだ。当然、軽い。ただ、銃床の部分だけが目立って膨らんで見えた。ちょうど人の太腿《ふともも》ほどの太さか。ここに空気を溜める仕組みになっている。

「で、仕事が終わった後、ここからどうやって逃げるんです？」

玄蔵が多羅尾に質した。

「標的が登城するときに撃つとしたら、朝の内だ。夜陰に乗じるというわけにもいかんでしょう」

「狙撃の成否にかかわらず、撃ったらすぐに気砲を仙兵衛に渡せ。以降はそれぞれ別々の方向に別れて逃げる」

多羅尾が答えた。

玄蔵は手ぶらで仕舞屋の勝手口から裏店《うらだな》へと出て北へ向かう。忍川に猪牙舟《ちょきぶね》が待っており、それに乗って三味線堀《しゃみせんぼり》へと下り、大川に抜ける——そんな手筈《てはず》になっているらしい。

「気砲はどうします？　分解してる暇はなかろうし、分解しないで運ぶと、デカイから偉い目立ちますよ」

「外には持ち出さないで、この家の中に……天井裏か床下に隠します。一旦《いったん》そこへ隠して、後から手前が再度忍び込んで回収します」

と、多羅尾に代わって仙兵衛が説明した。

「なるほど」

かなり周到に策は練られているようだ。

その夜、しと降る雨の中を千代がやってきた。丸髷《まるまげ》の髪に、地味な木綿の小袖を着ている。商家に奉公する既婚者の女中といった風情《ふぜい》だ。

「近所には、お前ら二人は夫婦《めおと》ということにしている」

と、多羅尾が声を潜めた。

なにせ広小路に面した瀟洒《しょうしゃ》な仕舞屋である。若い男の一人暮らしは目立っていけない。その点、夫婦者なら「世間の目は美人の女房に集まり、亭主の面なんぞ誰も見ない」と説得され、一枚の書付を手渡された。

「玄蔵、お前は仮の名を由松《よしまつ》という。千代はお菊《きく》だ。平塚《ひらつか》の荒物問屋《といや》の手代《てだい》で、主人から命じられ、江戸へ出店《でだな》をだす準備をしている。しばらくこの家に逗留《とうりゅう》する……詳しくはその書付に認《したた》めてある。今夜中に頭に入れておけ」

千代はすでに、書付の内容を記憶しているそうな。

「この相模屋庄右衛門《さがみやしょうえもん》というのが、俺の主人なんですね？」

「相模屋という荒物屋は平塚宿に現存する。その主人は庄右衛門で、今年で四十八。これも実在の人物だ」

書付には、お菊と由松の馴初《なれそ》めまで具体的に認められていた。

「お菊も相模屋の奉公人で、店で言葉を交わすうちに男女の仲となり、夫婦になった。仲人は主人の庄右衛門だ」

「細かすぎやしませんか？　普通ここまで決めておくものかな」

半紙二枚に、細々とした文字でビッシリと書き込まれている。覚えるだけでも大変そうだ。

「我らは『普通のこと』をやろうとしている訳ではないぞ」

多羅尾が玄蔵を睨みつけた。

「細かすぎるぐらいで丁度いいのだ。千代に訊いてみろ。隠密働きとはそうしたものだ。腹を括って、ちゃんと覚えろ」

そう言い残して、多羅尾は仙兵衛と良庵を伴い帰って行った。

千代と二人きり、仕舞屋に取り残された。外は雨だ。雨の降る夜は、なんとなく人恋しくなる。ま、千代とは松濤屋敷でも隠居屋で二人暮らしなわけで、今さら意識するほどのことはないはずだ。ただ、松濤屋敷の隣には玄蔵の女房子供が軟禁されている。二町（約二百十八メートル）と離れていないところに女房がいることが、子供たちが怯《おび》えながら暮らしていることが、千代に対する想《おも》いの歯止めになっていたとも思われた。その歯止めが今、三里（約十二キロ）以上も離れたとなると――よほど自らを厳しく律せねば、つい劣情に負けてしまいそうな玄蔵であった。

「先日、多羅尾様に、俺の女房子供のことを訊《たず》ねたんです」

干魚と味噌《みそ》汁《しる》の簡単な夕餉《ゆうげ》を済ませた後、玄蔵は思い切って繕い物をする千代に話しかけてみた。

「今どうしているのか、って……そうしたら、伊勢原の家で暮らしていると仰るんです。数名の見張り役がついて、元の家で安楽に暮らしているそうだ」

「……」

千代は表情を消し、返事をしなかった。

玄蔵の家族は松濤屋敷の隣家、おそらくは紀州《きしゅう》家下屋敷に軟禁されている。千代の配慮で一度だけ会ったこともある。それを多羅尾は「伊勢原の元の家にいる」と言った。つまり彼は、玄蔵に嘘《うそ》を伝えたのだ。

「家族があぁして押さえられている限り、俺が逃げ出すってこともないわけでね。もう少し、仲間内として本音で付き合ってもらいたい、そう感じております。皆さんの言うことはきくから、嘘や誤魔化《や》しは止めて欲しいです」

千代は繕い物の手を止め、顔を上げて玄蔵を見た。

「その辺のところを一度多羅尾様なり、鳥居様に取り次いでもらうわけには参りませんでしょうか」

二人はしばらく黙って見つめ合っていたが、やがて——

「お伝えします」

千代は無表情なままで頷き、裁縫を再開した。

玄蔵は二階の通りに面した部屋で寝て、千代は襖一枚を隔てた隣の部屋で寝ることになった。松濤屋敷の隠居屋と同じ寝室の配置だ。なぜ隣の部屋で眠るのか──同居を始めた頃には、色仕掛けを疑ったが、そうとばかりは限らない。夜中に玄蔵が逃げ出さないための見張役の意味もありそうだ。千代は女忍《くのいち》である。忍《しのび》は、体が眠っていても、意識は起きていると聞いたことがある。千代の隙を突いて逃げ出すのは難しそうだ。

(まるで、山の獣じゃねェか)

熊《くま》や猪《いのしし》などの寝込みを襲おうと忍び足で近づいたこともあるが、必ず先に気づかれて逃げられたものだ。寝首を掻《か》かれるのは「人間だけ」なのかも知れない。

「お休みなさいまし」

「お休みなさい」

襖越しに声を掛け合ってから、行灯《あんどん》の火を吹き消した。プンと油が臭って室内が暗くなった瞬間、外の雨音が一段と高まったように感じた。玄蔵は布団に潜り込み、仰《ぎょう》臥《が》して闇を見つめていた。

そもそも山の天気は急変する。猟師は、前もって天候の崩れを察し、さっさと下山するものだ。ただ、ときに虚を突かれて豪雨になることがある。そんなときは無理に下山しようとせず、狩猟小屋に泊まるのが心得だ。猟師は己《おの》が猟場に、いくつか小ていな掘立小屋を持っている。小屋には、米と塩、薪《まき》などを貯蔵しておくから、緊急時にはとても重宝した。まさに、命の綱だ。

ただ、山間《やまあい》の小屋で、屋根を打つ雨音を聞きながら一人寝ていると、いくら鉄砲を持っていても、さすがに薄気味が悪い。もし熊や狼《おおかみ》が近づいてきても、雨に気配や足音が消されるから気づけないかも知れない。不意討ちを食らわされるのは嫌だから、いつも鉄砲に弾を込め、枕元《まくらもと》に置いて寝たものだ。

玄蔵は一度、怪奇な現象に遭《あ》ったこともある。やはり雨の夜、ヒトダマを見たのだ。径一尺（約三十センチ）ほどの火球がフワフワと木々の間を漂い、やがて大木の幹に衝突し、四散して消えた。それだけ。翌朝、その大木をよくよく調べてみたが、焦げ痕《あと》を含めて、なんの痕跡《こんせき》もなかった。

事ほど左様に、山では不思議なことが起こる。幽霊、狐狸《こり》、妖怪《ようかい》と色々彷徨《うろ》ついているのだろうが、それを気にして山行きを止めた猟師を玄蔵は知らない。不思議に遭って命を落とした猟師も知らない。

（ま、死人に口無しってこともあるだろうけどな）

玄蔵は闇の中でニヤリと笑った。雨音を聞くうち、深い眠りに落ちた。

「ホホホホ、アハハ、嫌ですよォ」

翌朝は、女の黄色い声に起こされた。元気こそいいが、嗜《たしな》みや品を一切感じない下卑た金切り声だ。広小路からなのか、隣家からなのか、なにしろ家の外から聞こえてきて、眠る者を叩き起こすほどの大声である。

(まったく、一体どこの阿婆擦《あばず》れだァ？)

悪態をつきながら身を起こし、布団の上に胡坐《あぐら》をかいた。雨音は聞こえず、障子窓の外は十分に明るいので、昨夜の雨は上がったらしい。耳につく女の声は、まだ続いている。

(希和や千代さんとはまったく別種の女としか……えええッ⁉)

声色、言葉遣いの端々に聞き覚えがあった。

(この声、千代さん……まさかなァ)

「アタシはどっちでもいいんですけどねェ。亭主がねェ、アハハハハハ」

間違いない。これは千代の声である。千代が、おそらく仕舞屋の玄関の外で、誰かと喋《しゃべ》っているのだ。

(なにが起こったんだ？)

ムクムクと好奇心が頭をもたげて、布団から跳び上がり、足音を忍ばせて階段を下った。

土間の柱の陰から玄関をそっと窺う。訪問者は中年の男で、玄関の前で千代と楽しそうに談笑していた。月代《さかやき》も鬢《びん》も大きく剃《そ》り上げ、元結はあくまでも高く、細い髷を月代に垂らしている。今風なのではあろうが、山育ちの玄蔵には今一つ良さが解らなかった。派手目な小袖の袂《たもと》を、襷《たすき》で止めているところを見れば――

（髪結かな……そういえば、隣は出床《でどこ》だ）

出床――表店《おもてだな》や木戸の傍《そば》に店を構える髪結床のことだ。対して、裏店の自宅で開業する髪結床は内床《うちどこ》と呼ばれる。

「それじゃあどうも……何分宜《よろ》しくお頼み申しますね、アハハハ」

満面の笑みで男を見送った千代が、土間に入り、きしませながら玄関引戸を閉めた。途端に顔から笑みが消えた。柱の陰にいる玄蔵にすぐ気づき、怖い目で睨んだ。

「驚きましたよ」

「なにがです？」

千代は、明らかに苛ついていた。嫌な現場をみられた――そんなところだろう。

「お芝居なんでしょ？　町場の……その、飾らない女将《おかみ》さんを演じたってことで」

「いつもの私、飾り立てておりますか？」

と、きつい語調で反論し、一瞥《いちべつ》もくれずに玄蔵の横を通り過ぎようとして、ふと足を止めた。

「……隣の髪結床の御主人です」

もう怒りの感情は、抑え込んでしまったようだ。穏やかな、冷たい声に戻っている。

「私たちが越してきたので、様子を見にきたのでしょう。あの手の店はお奉行所と繋《つな》がってることも多いから」

髪結床には、町人の誰もが毎日立ち寄る。よって奉行所は、住民管理の末端として髪結を使うことがあったようだ。そのことを知る千代は、わざとあけすけな女、たしなみの足りない荒物屋の女中を演じることで、幕府高官の暗殺という恐ろしい目的を糊塗《こと》しようとしたものと思われた。

千代は、軽く会釈をすると立ち去ろうとした。

「ね、千代さん」

背中に声をかけて呼び止めた。

「今さらだが、俺はあんたのこと凄い女だと思いますよ。お役目のためなら、御自分を殺せるお人なんだもの」

偽の夫婦は、しばし見つめ合った。

「褒めて頂き有難う存じます。でも、別段嬉しくはございません」

また一礼し、今度こそ奥へと歩み去った。

四

五つ半（午前九時頃）過ぎには、多羅尾たちが仕舞屋にやってきた。多羅尾は勿論《もちろん》、良庵も仙兵衛も、その顔には気合が漲っている。登城する標的の行列は、四つ（午前十時頃）前に仕舞屋の前を通る。今朝は撃たないにしても、絶好の予行演習になりそうだ。多羅尾たちが意気込む所以《ゆえん》であった。

「仙兵衛、お前は、広小路に出ておれ。標的の行列が接近したら報《しら》せるのだ」

「ははッ」

と、多羅尾に一礼して、若者は階下へと下りていった。

「おい玄蔵、なにをしておる。お前は早く気砲に空気を溜めよ」

多羅尾が玄蔵を急《せ》かした。

「や、でも、今日は撃たないんでしょ？」

「ああ、撃たない。ただ、本番同様に狙って、空撃ちしてみるのだ。弾を込めずにな。良庵と仙兵衛を広小路に出し、発砲音がどれほど外に漏れ伝わるか検分しておきたい」

「なるほど」

多分大事なことだ。火薬を使う銃ほどではないが、空気銃も発砲時にはそれなりの音がする。その音が意外に大きく、表にまで伝わるようでは困るのだ。

「では、準備します」

銃床部に空気を溜めていくことにした。空気を溜める行為のことを、製作者の国友一貫斎が著した「気砲記」には、「生気」と表現してある。ちなみに、空気を溜める銃床部は「蓄気筒」と命名されていた。

手順は以下の如《ごと》し――まず気砲を、銃口を下にして真《ま》っ直《す》ぐ両手で支え持つ。次に、下方から付属の棒状の管（生気筒）を銃口に挿入する。生気筒の下部には横棒が「丁の字」形に取り付けられており、それを両足で踏んで押さえ、安定させる。後は根気よく気砲本体を上下運動させると、やがて空気は蓄気筒内に溜《た》まり、圧縮された状態になる。ただし、これは言うほど簡単ではない。なかなかに大変だ。最初は軽いが、空気が溜まってくると上下運動が段々重たくなる。

キーコ、キーコ、キーコ。

幾度やっても、永遠にも続くような気がする重労働である。

キーコ、キーコ、キーコ。

良庵と仙兵衛と交代しつつ、二百回近くも上下運動を繰り返した。

いよいよ動きが重くなり、蓄気筒が熱を帯びてきた。そろそろ限界だろう。

「もういいよ。撃つのはせいぜい一発か二発だ。それで十分だろう」

と、多羅尾が命じた。

確かに、あまり無理をすると、蓄気筒に無理な力がかかり、壊れる恐れがある。

本来ならここで、一匁半（約五・六グラム）の小さな鉛弾を機関部に装填するのだが、今日は空撃ちだけなので弾丸は装填しない。最後に、狐《きつね》の彫刻が施された真鍮製の撃鉄を引き起こせば、発砲準備の完了だ。撃鉄とあるが、火薬に着火させるための撃鉄ではない。蓄気筒に溜め込まれた空気を、少しずつ一発毎《ごと》に吹き出す装置だ。一度、蓄気筒に空気を満たすと、連続して二十発の鉛弾を次々に撃ち出せる。静粛性に加え、連発が利くことが、気砲の火縄銃に対する最大の優越性であろう。

堅く強張《こわば》った足音が、階段を駆け上ってきた。

「標的の一行が、三橋の彼方《かなた》に見えましてございます」

三橋とは、下谷広小路を横切る忍川に架けられた橋だ。三本の橋が同じ場所に並んで平行に架けられているところからこの名がある。三橋から仕舞屋までは、一町半（約百六十四メートル）ほどの距離だ。その彼方に見えたのなら、普通の線香が長さの一割燃える間（約三分）にやってきてしまう。

「いそげ玄蔵、気砲を構えろ。良庵と仙兵衛も配置に付け」

多羅尾が命じた。良庵と仙兵衛が階段を駆け下りて行き、玄蔵は気砲を手に、広小路を見下ろす障子に歩み寄った。

「多羅尾様、私も表に出て、発砲音を確かめましょうか？」

千代が多羅尾に持ちかけた。

「そうしてくれ。良庵、仙兵衛と距離を置き、それぞれの場所でどう聞こえるか調べて欲しい」

「承知しました」

一礼して千代も階段を下りていき、部屋には玄蔵と多羅尾の二人が残された。

玄蔵は、障子を二寸（約六センチ）ばかり開け、縦繁格子の狭間《はざま》から表を窺った。

多羅尾も障子に歩み寄り、指先で障子紙に穴を開けて外を覗いた。

「見え難いな……格子の隙間が狭すぎるのだ」

「然様にございますね」

と、答えながら銃口を広小路に向けた。先目当《さきめて》（照星）も元目当《もとめて》（照門）もちゃんと設えてあり、実用性が高い銃だ。

「二階の窓なら、覗かれる心配もなかろうに、何故《なぜ》こんな目隠しが要る?」

多羅尾の苛つきが声色に現れている。

「二階の格子窓は目隠しというより、盗人避けでしょう」

立ち放ち(立射)の体勢のまま答えた。左へ右へと広角に動いて、見える範囲を確認した。やはり狭い範囲しか見通せない。

「盗人避けなら、もう少し隙間が広くてもよさそうなもんだ。人がすり抜けられなければいいんだろ? 三寸(約九センチ)か四寸(約十二センチ)もあれば十分のはずだよ」

ブツブツと不平が止まらない。

「然様ですな」

内心では「一階の窓と同じ格子で統一感を出したかったのでは」と反駁《はんばく》していたが、面倒なので口には出さなかった。

「銃口を障子から先には出すなよ」

「出しませんけどね……狙い辛いな。左右に少しでも動くと、もう格子の桟が邪魔をする。標的が正面にきたときにしか撃てないです」

「我儘《わがまま》を申すな。為《な》せば成る」

（ならねェよ）

と、心中で吐き捨てた。

「並び鷹の羽を定紋とする我らが標的のことだが」

「はい」

「馬の後方から続く槍《やり》に特徴がある。穂先が十文字なのだ」

「ほう」

「鞘《さや》も朱塗りの大きな十文字型に作られておる。遠くからでもよく目立つ」

「心得ました」

夜でもあれば、大きな家紋入りの提灯《ちょうちん》を掲げて歩くのだろうが、昼だと主人の裃《かみしも》についた紋で判断するしかない。遠くからは分かり難い。槍の穂先が特殊な十文字だと分かり易くて好都合だ。

良庵と仙兵衛は、それぞれ離れた場所で見物人に交じっている。千代の姿が見えないのは、仕舞屋のすぐ前に立っており、軒先が邪魔しているのだろう。

「そろそろ来るぞ」

「はい」

見物人たちの気配から、行列が近づくのが知れた。広小路の真ん中で堂々と店を拡《ひろ》げていた玩具の屋台や棒手振《ぼてふ》りたちが、ワラワラと移動して道を空けた。誰もが、標的がやって来る右手を笑顔で眺めている。大名行列などの武家行列の見物は、江戸庶民には娯楽の一つなのだ。人が集まれば物売りなどが集まり、更なる人だかりができた。やがて、小さく歓声が起こった。いよいよ来たらしい。

「来たぞッ」

(見れば分かるわい。多羅尾、黙ってろ)

空撃ちだからと、半端な気持ちでは撃たない。本気で当てるつもりで引鉄をひく。さもなくば予行演習にはならない。

(距離は十間、やや撃ち下ろし……ただ、気砲は非力だ。撃ち下ろしだからとゲベール銃の要領で下を狙うと弾がおじぎするぞ)

と、心の中で繰り返した。松濤屋敷で気砲は千発以上も試し撃ちしている。銃の癖も熟知しているつもりだが、こうして改めて呟き確認すると、心が鎮まるものだ。

ちなみに、火薬を使う銃の場合、撃ち下げは弾が伸びる。だから、やや下を狙う。反対に撃ち上げの場合は、弾がおじぎをするから、やや上を狙うのが心得だ。

「十文字の槍だ。間違いない。玄蔵、行け!」

多羅尾が低くうめいた。

標的である騎乗の主人以下、中間《ちゅうげん》小者を含めて二十人ほどの行列だ。のんびりと歩いてくる。

玄蔵は狙いをつけたまま、細く長く息を吐いた。

ふ――――ッ。

これだけで、興奮が静まるから不思議だ。

先目当（照星）のそのまた先に、見覚えのある穏やかな顔が像を結んだ。気さくな殿様らしく、くつわ取りの小者と談笑しながら進んでいる。

（大口を開けて笑ってやがる。どうみても、悪人面には見えねェ。多羅尾の方がよっぽど悪人面してやがる、大体……）

息を止め、気持ちの上では、耳の穴を狙って静かに引鉄をひき絞った。

バスッ。

室内で気砲を撃ったのは初めてのことだ。驚くほど大きな音がして、玄蔵は思わず目をつぶった。

「なんだ、この物凄い音は⁉」

多羅尾がほえた。明らかに気砲の発砲音よりデカイ声だ。

「家の中だと、殊に大きく聞こえるんですよ」

「あんな轟音《ごうおん》、外に漏れてないはずがないじゃないか」

（あんたの声の方が、大きいだろうが）

「表の三人を呼び戻せ。奴らに訊こう。もし、毎度毎度あんな轟音が響き渡るような
ら……」

ここで、多羅尾は自らの大声に気づき、声を潜めた。

「気砲を使う意味がない。別の得物を考える」

（大袈裟《おおげさ》だよ。轟音ってほどのものじゃねェだろう）

なぞと心中で冷笑していると――階下で玄関戸が軋んで開いた。

「や、まったく聞こえなかったでござる」

「手前も、いつ発砲したのかさえ……はい」

良庵と仙兵衛の証言によれば、五間（約九メートル）、十間（約十八メートル）と離
れた場所では、気砲の発砲音は一切聞こえなかったようだ。

「外は、雑踏や見物人の騒《ざわ》めきもござれば、まったく気づかなかったでござる」

「おい、待てよ。撃ったことさえ気づかなかったのなら、お前ら、なんでここへすぐ
戻ってきた？」

多羅尾が二人を睨みつけた。

「そりゃ、千代さんが手招きしたからでござる」

一同の視線が、千代に集まった。

「私は玄関の前に立っておりました。頭上、一間（約一・八メートル）での発砲だったので、音は聞こえました。ただ、気になるほどの音ではなかった。離れていた良庵さんと仙兵衛さんには、どうせ聞こえなかっただろうと、お二人をお呼びしました」

「気になるほどの音ではない、だと？　ここでは轟音がしたぞ」

「室内だったからでは？」

（そらみろ、俺の言った通りだ）

多羅尾も同じことを考えたらしく、玄蔵と目が合った。

「あ、そう……ま、分かった」

その後は気まずい沈黙が流れたが、やがて――

「で、そもそも当たったのか!?　玄蔵、どうだった」

「なにせ空砲ですからね……当たったかどうかは分かりません」

「感触としてでどうだ？　手応《てごた》えのようなものは？」

「それは……」

一応の手応えはあった。銃口から弾が出ていれば、命中しているのは間違いない。問題なのは、その直後に玄蔵がある種の感覚に気づいたことだ。獣を撃ったときにも通じる、背筋がゾクッとするような独特の感覚だ。快感と呼んでもいい。人に弾を当てて快感を得る――自分にそんな悪魔的な性癖があったとは驚きだし、恐ろしいことだ。

「耳の辺りに、確かに弾は入りました。実際に鉛弾を込めていたら、おそらく標的の命はなかったでしょう」

「つまり、悪は滅びたのだな?」

「ま、そうです」

「然様か、でかした」

多羅尾は表情を緩めた――が、すぐに顔を顰《しか》めた。

「ちゃんと耳の穴の中に弾を入れたか?」

(まだ言ってやがる!)

さすがに苛ついた。

「多羅尾様も御覧になったでしょう⁉ 十間(約十八メートル)離れると、人の耳の穴なんて豆粒より小さいんだ。あんな的を狙って当てられるわけがない」

玄蔵の剣幕に気づいた良庵が、多羅尾との間に割って入った。

「落ち着くでござる。まだ五日ある。十分修練を積めば、豆粒にだって当てられるようになるでござるよ。玄蔵さんならできる」

「や、頑張ってなんとかなるものじゃない。いいですかい？」

懐《ふところ》から巾着を取り出し、中から鉛の粒を摘まみ出して示した。

「これは気砲の弾です。差し渡しが三分（約九ミリ）とちょっとある」

玄蔵は、鉛弾を己が耳へと持っていき、穴に押し込んだ。

「なんだ、入るではないか」

多羅尾は勝ち誇ったが、良庵は瞑目《めいもく》し、首を振った。

「玄蔵さんは、ぎりぎりだと言いたいのでござろう？」

「そうです。ぎりぎりなんです」

鉛弾を耳の穴から、苦労してほじり出しながら玄蔵が訴えた。

「十間彼方から撃って入るわけがない。これは、鉄砲の技量云々《うんぬん》の問題じゃありません。せめて口の中に入れろって仰るなら、まだその方が現実味がある」

「口なら、なんとかなりますか？」

良庵が身を乗り出した。

「耳の穴よりは、って意味ですよ」

玄蔵が苛々と答えた。

前方から口腔《こうくう》に弾が撃ち込まれれば、ほぼ即死となるはずだ。気砲は威力が小さいから、弾は貫通せずに体内に残るだろう。発砲音はないし、周囲は銃撃されたことに気づかずに「喉《のど》の奥で、太い血の管が破れたのに相違ない」と病死扱いで済まされる可能性がある。

「ただ、口はいつも開けておるとは限るまい。閉じた口にどう撃ち込む？　しかも、この仕舞屋から標的の口は狙えんぞ」

黙って聞いていた多羅尾が、異を唱えた。

確かに、口に弾を撃ち込むなら正面から狙わねばなるまい。

「その点、耳の穴ならこの部屋から狙える。口と違って、いつも開きっぱなしだしな。やり易いのは寧《むし》ろ、耳の穴の方だと思うぞ」

（こいつ、まだ言うのか）

瞬間、多羅尾の耳に、気砲の弾を押し込んでやりたい衝動に駆られた。この胥吏《しょり》には、狙撃の成否などは二の次で、只々上役の発案を無下にしたくないだけなのだ。

「多羅尾さんよォ……」

玄蔵が目を剝いて身を乗り出した。

「ま、玄蔵さん、お平らかに。お平らかに」

玄蔵の剣幕を感じ取った良庵が、間に割って入った。

「ここは拙者に免じて、形だけでも耳の穴を狙う練習をしていて下され。残り五日、やるだけやっても駄目なら、それはそれで多羅尾様も鳥居様に『これは無理』と言い易いでござろうよ。ま、仲間を援《たす》けると思って……」

「仲間だァ⁉」

折り合いの悪い多羅尾と玄蔵が、期せずして言い合わせた。

「や、あの……な、仲間ではいけないでござるか？」

良庵は狼狽《ろうばい》し、千代はうつむき、仙兵衛は天井を仰いだ。

五

「これが無理筋なことは、多羅尾様も良庵さんも解《わか》ってるんでしょ？」

「多分ね」

下の階の中庭に面した居室で、玄蔵の問いかけに千代が答えた。陽《ひ》が暮れて多羅尾たちも引き揚げ、今は差し向かいで遅い夕餉《ゆうげ》をとっている。

「多羅尾様が上役にいい顔をするために、俺が必要もない修練を積むわけだ」

玄蔵は、苛立っていた。反りの合わない多羅尾のために、自分が苦労をするのかと思えば腹が立った。

「玄蔵さんには申し訳ないことですが、この良庵さんの策は、玄蔵さんと多羅尾様の利害の良い落としどころだとも思います」

千代は、箸《はし》の先で汁椀《しるわん》を静かに攪拌《かくはん》し、味噌汁の残りをスッと飲み干した。伸びた背中と少し上を向いた喉の線がとても優美だ。だが、玄蔵には女の所作を愛でている心の余裕などなかった。

「どうせ鳥居様は『耳が駄目なら頭を撃て』と仰るに決まってるんだ。要は、殺させたいんだからね」

だとしたら、多羅尾の弁解のためだけに無駄な修練を積む暇を、頭を撃ち抜き、大騒ぎになった後の逃走路の確認などに費やした方が、よほど有意義だと玄蔵は千代に訴えた。

「なるほど」

「千代さんは、そうは思わないのかい?」

「私の立場では、なんともお答えの仕様がございません。ただ……」

と、膳《ぜん》の上に箸を揃えて置き、瞑目合掌《めいもくがっしょう》した。

「ただ、なんだい？」

焦《じ》れた玄蔵が急かした。

「おそらく、鳥居様は『頭を撃ち抜け』とは仰らないと思います。だって……」

標的が血を吹いて倒れれば、お供の家来衆にも、広小路の見物人にも、狙撃による謀殺だということがすぐに発覚する。発砲の場所も、仕舞屋の二階と察しが付くだろう。そうなると、千代は面が割れているし、閉じ籠っている玄蔵は兎《と》も角《かく》、幾度も出入りしている多羅尾たちは、人相書が出回る事態に陥るかも知れない。今後の仕事は格段に難しくなる。

「鳥居様は、無理押しをされるお方ではございません。なにか別の策を考えることにして、一旦この仕舞屋からの狙撃には見切りをつけると思います」

千代にしては長広舌だ。声も態度も穏やかだが、玄蔵の苛立ちを宥《なだ》めようと、彼女なりに必死になっているのだろう。

「それが本当ならいいけど」

玄蔵も飯椀に注《つ》いだ白湯《さゆ》を飲み干し、箸をおいた。

翌朝も四つ（午前十時頃）前に、並び鷹の羽の標的は、仕舞屋の前を通って登城していった。律義な玄蔵は苦労して気砲に空気を溜め、耳の穴こそ狙わないが、馬に揺られる標的の頭を目がけて気砲を空撃ちした。今朝は多羅尾たちが姿を見せなかったので、千代一人が広小路へと出て、発射音に耳を澄ませた。

バスッ。

仕舞屋の室内にこそ、結構な音が鳴り響いたが、表通りの千代には、なにも聞こえなかった由でホッとした。ただ、今回も命中の手応えが伝わったとき、玄蔵の背筋がゾクリとして、なんともいえぬ快感に酔いしれたことは秘密である。

更にその翌日も、標的は、ほぼ同じ時刻に、同じ表情で仕舞屋の前を行き過ぎた。彼には、もう三日連続で銃口を向けている。空撃ちとはいえ、気砲を撃ちかけてもいる。妙な言い方だが、三回殺している。照準用の先目当の彼方に、今朝も同じ顔が像を結んだ。

「この感じは以前にもあった……」

雪山で幾日もかけて、同じ大熊を追っているときだ。姿形は幾度も垣間見る《かいまみ》のだがどうにも狙いが付けられない。もどかしさと苛つき——今の感じによく似ている。

バスッ。

「人撃ちと獣撃ちとは違う。罪の重さが違うってもんだ」

声に出して本音を言ってみた。空撃ちを終えた直後で、今は千代さえもいない。自分一人きりの仕舞屋で、誰に遠慮することもない。

その日の午後になって、喜色満面の良庵が仕舞屋に駆け込んできた。

「新黒門町に貸家の出物があるのでござるよ」

「それが、どうしました？」

玄蔵が問い返した。

「新黒門町は、下谷広小路の南の端にあるでござる。北面してね。つまり……」

新黒門町の貸家に潜んで狙えば、標的は正面から近づいてくることになる。

「鞍上《あんじょう》の標的が、笑うか喋るかすれば口が開くことがあるかも知れない」

「まさか、その口に弾を撃ち込めと仰るんですかい？」

「玄蔵さん、口の中になら『入れられる』って言ってたじゃないですか」

「そりゃ、言うには言ったけど……」

耳の穴の次は口の穴である。まったくもって——穴好きな奴らだ。

「口を開けるかどうかは、運次第でしょう。普通、口は閉じてるもんだから」

「残念ながら然様でござる」

肩をすぼめて、秀才が認めた。

「ただ、標的はよく笑う御仁なのでござろう？」

「確かに。鞍上で御家来衆に声をかけ、よく談笑されています」

――そんな気さくな男のどこが大悪人なのだろうか？

「笑わぬなら、笑うまで待とう不如帰《ほととぎす》でござるよ。気長に参りましょう」

出来れば「笑わせて見せよう不如帰」にしてもらった方が、玄蔵としては助かる。

「多羅尾様は、それでいいのかな？　急かされませんか？」

「そりゃ、ああいうお方たちだから、先のことは分からないけど……すくなくとも最前までは『気長に待つ』と仰せでござった」

「然様で」

「如何でござるか？」

「ま、やってみましょう。ここよりは条件が良さそうだ」

「そうこなくっちゃ」

白い歯を見せて、美男の笑顔が弾けた。

「いつ移ります？」

「善は急げでござるよ」

この仕舞屋は仮住まいで、家財がある訳でもない。その日の内に、新黒門町の貸家へと引っ越すことにした。良庵と二人で手荷物を抱え、南へ二町（約二百十八メートル）ほどの移動になる。

「相模屋さん、どちらへ？」

と、仕舞屋を出たところで声がかかった。振り向けば、例の髪結床の主人だ。

「大きな荷物でございますね。お出かけですか？」

如何《いか》にも詮索《せんさく》好きな親父《おやじ》だ。千代の話では奉行所に情報を流すこともあるらしい。

「や、実はこの仕舞屋は止めにしたんです」

良庵が「ござる言葉」を封印し、快活に答えた。

「平塚の主人がね、よく当る易者の先生に見せたら、なんでも方角が悪いとか」

「そりゃいけないね。仲良くできると楽しみにしてたのに……お菊さんは？」

「だ、誰？」

良庵は忘れているようだ。玄蔵が慌てて口を寄せ囁いた。

「千代さんのことです。俺の女房のお菊」

「ああ、お菊さんね……中にいますよ。掃除をしてから合流します。ちゃんと御挨拶に伺うと思うので」

「ああ、そう。じゃ、元気でね」

やっと解放して貰《もら》った。背中と腋下《えきか》に大汗をかいている。速足で南へと下った。

「で、千代さんは？」

「さあね？　多分後から来るでござろう」

何故か良庵は、玄蔵と目を合わせようとしない。空々しい雰囲気だ。

（なんだ？　どうした？）

若干の違和感を覚えながらも黙って歩いた。

下谷広小路は、北から南へ、四町（約四百三十六メートル）弱に渡って延びていた。現在の恩賜公園の南端から、上野広小路交差点の南側までと考えれば大きく外れない。登城する大名や幕臣たちは、南へと広小路を下り、新黒門町に突き当たる。道は直角に右折し、さらに左へ曲がり、後は御成道が神田川まで四半里（約一キロ）、真っ直ぐに続いていた。

良庵は、その突き当たりの新黒門町に貸家を見つけてきたのである。最近まで煮売《にうり》酒屋《さかや》を営んでいたらしい。歩きながら眺めると、下谷広小路に面した二階の肘掛窓《ひじかけまど》には、障子に手摺《てすり》が設えてあるだけだ。縦繁格子の縦桟が視界を遮ることもなさそうで具合がいい。

「なかなか、良さそうだ」

「そうでござろう」

その二階の障子がガラリと開いて、町人に扮装した多羅尾が、満面の笑みで手を振った。

（多羅尾の野郎……お前ェ《め》の面を見ると、力が抜けるんだよ）

と、内心で毒づきながらも、一応は会釈を返した。

多羅尾の大きな体の陰で、小柄な美人が、こちらも笑顔で手を振っている。

「あの女、誰です？」

煮売酒屋に向かいながら、小声で良庵に訊いた。

「さあ……拙者はよう知らんのでござるよ」

（良庵さん、さっきからどーも歯切れが悪いよな）

玄蔵の嗅覚《きゅうかく》は「よからぬ企み」の香を嗅《か》ぎつけていた。そしてその元凶は、今も貸家の窓で上機嫌な多羅尾であろう。

「喜代《きよ》と申します」

小柄な女は丁寧にお辞儀をした。煮売酒屋の店内で、多羅尾から紹介されたのは、色々な点で千代とは正反対の女であった。

「今後のお役目で、お前の嫁さん役を務めてくれる。そう、二人は夫婦だ。独り者は、どうも胡乱《うろん》にみられていけないよ」

「玄蔵さん、宜《よろ》しくお願い致しますね」

弾けるような愛嬌《あいきよう》たっぷりの笑顔だ。小柄だが肉置《ししお》きが豊かで、典型的な男好きのする容貌《ようぼう》といえた。

「あの多羅尾様……ちょっといいですか」

玄蔵は、店の奥に多羅尾を引っ張っていこうとした。良庵が不安げな顔で付いて来かけたが、多羅尾が目配せして学者を押し止《とど》めた。

「どういうことです？」

店の奥は厨房《ちゆうぼう》になっている。

「なにが？」

多羅尾、とぼけた笑顔である。

「千代さんですよ」

「ああ、千代な……あいつは急な病で、喜代に差し替えた。それだけだ」

「千代さん、さっき仕舞屋出るときまでピンピンしてましたぜ」

「なるほど。千代もお前に要らぬ心配をさせたくなかったのであろうよ。あの女、長く死病を患っておってな……実は、もう長くはないのだ」

「今『急な病だ』って言ったじゃねェか」

声を殺して厳しく問い詰めると、多羅尾の顔から笑顔が消えた。

「言ってない」

（この嘘つき大明神《だいみようじん》が！）

「あんた、千代さんをクビにしたんだろ？」

と、肩の辺りを摑み、睨みつけた。多羅尾は玄蔵の手を振り払うと、小馬鹿にしたような曖昧な微笑を見せ、いきり立つ顔を覗き込んだ。

「だってお前、千代に全然手を出さないんだもの……女の趣味が違うのかと思ってさ。喜代も駄目なら、次には若衆にするか……そうか、お前そっちか？　ゲヘヘ」

と、手の甲を頰《ほお》に押し当てた。

「そんなんじゃねェよ。俺には女房がいるし、千代さんは仕事の仲間だ。そういう。ふ、ふしだらな関係にならねェよおに、自重してるだけだ」

「ふしだらな関係だと？」

「そ、そうだよ」

「ちょっと、なに言ってるか分からない」

「この野郎！」

と、揉《も》み合いになったところで、良庵が介入して二人を別けた。

「兎に角、俺は千代さんでいい……や、千代さんがいい。女房役は千代さんに戻してくれ」

多羅尾には言えないことだが、千代は隣屋敷に軟禁されている女房子供に会わせてくれた。上手くすれば、また連れて行ってくれるかも知れない。喜代は愛嬌たっぷりだが、隣屋敷への訪問を許してくれるのかは未知数だ。

「どうしてもというなら呼び戻すけどさ……そんなに千代がいいなら、抱けばいいじゃないか。遠慮は無用だ。据え膳食わねば、とかいうだろう」

「余計なお世話ですよ」

繰り返しにはなるが、多羅尾がまるで「やり手婆《ばばあ》のように」女を斡旋《あっせん》する所以は明らかだ。千代に限らず、玄蔵が多羅尾側の女と情を交わせば、今以上に自在に操れるし、逃亡する心配も少なくなると踏んでいるのだ。要は、雁字《がんじ》搦《がら》めにしたいだけだ。

（所詮《しょせん》、多羅尾は敵だからな）

敵の甘言に乗ってはいけない、と自分を戒めた。

「多羅尾様……あの喜代さんも、女忍なのでござるか？」

黙って遣《や》り取りを聞いていた良庵が質した。

「無論そうだ。千代に勝るとも劣らない手練《てだ》れよ」

「身が軽そうには見えないでござるが」

「だから、その分……」

さらに声を潜めた。

「とんでもない床上手であるそうな」

「で、ござるか」

男三人の好奇の目が喜代に集中した。気づいた喜代が艶然《えんぜん》と微笑《ほほえ》み、腰を捩《ひね》り、片目をつぶってみせた。

多羅尾が喜代を、因果を含めて返した後、男三人で二階に上った。障子窓を大きく開け放つと四町続く下谷広小路が見通せた。

「武家の行列が広小路の真ん中を進んでくれば、この窓の正面になるでござる」

「これはいい。右に曲がるとき、行列も馬も、ゆっくりになるからなァ。狙いがつけ易いであろう？」

多羅尾が、玄蔵に質した。

「ま、撃ちやすいですね。少なくとも前の仕舞屋よりは余程いい」

総じて好感触であった。

問題は、口の中に弾を入れられるかどうかである。

「幾度も言うけど、運任せになりますよ」

玄蔵が呟いた。

「最初の悪党狩りだ。鳥居様も、完璧《かんぺき》を期すべし。拙速は避けるべしと仰せだ」

「標的が大口を開けるのを、気長に待つということにござるか」

「そうだ」

明朝から毎日、この部屋で気砲を構える。口が開いたとき、玄蔵の咄嗟《とっさ》の判断で引鉄を引く——そういうことに決まった。

「ただ、明朝は撃たないで欲しいでござる」

「なぜだ？　機会があるなら撃つべきだろう」

多羅尾が厳しく良庵を睨んだ。

「万が一逃走せねばならないときの手筈が、昨日の今日では、とても間に合わないでござるよ」

良庵が答えた。そうそう簡単に並び鷹の羽の標的が大口を開けるはずもないから、慌てる必要はなかろう。ゆっくり慎重に、手筈を整えてもらいたいものだ。

六

陽が落ちて、多羅尾と良庵は帰っていった。一人煮売酒屋に残された玄蔵は、二階の客間で窓を細く開け、灯《あか》りも着けずに薄暗い中、まだ人通りのある広小路をボウッと眺めていた。

天保十二年（一八四一）三月十一日は、新暦に直すと五月の一日である。特に今夜は蒸し暑く、窓から吹き込む夜風が心地よく感じられた。その内に肘掛窓の敷居にうつ伏せ、眠ってしまったようだ。

目を覚ますと、眼下の広小路に人影は疎《まば》らとなっていた。半刻（約一時間）近くは眠っていたようだ。欠伸《あくび》と伸びを同時にしながら、立ち上がろうとして、動きが止まった。薄闇の中に人影がある――女が端座している。

「ち、千代さんかい？」

「はい」

人影が答えて、深々とお辞儀をした。

「どうして灯《つ》りを点けない？」

「気持ちよさそうに眠っておられたから、起こすのもなんだなと思い」

北向きのこの窓からは見えないが、十一夜の月が西の空に浮かんでいるはずで、表は存外明るい。

「多羅尾様から伺いました。今回は私を呼び戻して頂き、大層有難うございました」

「や、気心の知れたあんたの方が、気楽でいいですから」

美人から礼を言われ、柄にもなく照れて顔が赤くなったが、この暗さなら千代に悟られることはまずあるまい。

「や、別に喜代さんが嫌だというわけじゃなかったんです。喜代さん、気を悪くしただろうな」

「あの子なら大丈夫でしょう」

「お知り合いですか？」

「妹です」

「えッ」

思わず声が出た。

「変ですか？」

「変じゃないけど……あまり、似ておられないから」

「血は一切繋がっておりません。でも、同じ親に育てられたので……正真正銘の妹です」

（た、多羅尾の野郎……あの下衆《げす》が、なんて奴だァ）

姉が駄目だからと（血の繋がりがないとはいえ）その妹を男の元へと送り込む道徳心の無さ、無神経振りに玄蔵は辟易《へきえき》した。

（千代さんも、喜代さんも、俺も……多羅尾や鳥居にとっちゃ「物同然」なんだろうさ。糞《くそ》がッ。下々にだって、心ぐらいはあるんだ）

それにしても、血の繋がらない女忍の姉妹とは――如何なる家で育てられたのか知らないが、色々と仔細《しさい》がありそうだ。

翌朝は快晴。千代は朝から店舗の清掃に余念がなかった。十日ほどで煮売酒屋を開店する――そう近所には伝えることになるそうな。彼女は、入口の腰高障子《こしだかしょうじ》を大きく開け放ち、殊更に騒々しく掃除を続けている。堂々と大っぴらに作業することで近所から怪しまれないようにする工夫だろう。

「こんどは俺、煮売酒屋の主人になるんですね」

掃除の合間に、白湯を持って二階に上がってきた千代に訊ねた。

「宜しくお願い致します。午後からは内装の職人さんが来られます」

「職人？　外の者を入れて大丈夫ですか」

「外の者ではありません。多羅尾様が親方で、良庵さんと仙兵衛さんが職人さん」

「あ、なるほど」

　多羅尾の親方姿は、さぞや見物だろう。

（なんなら、指をさし、大口を開けて笑ってやろうか）

　四つ（午前十時頃）前には、例によって気砲を準備し、二階の障子を細く開けて下谷広小路に銃口を向けていた。障子の外には手摺だけで、格子のようなものはなく、視界が遮られないのは有難い。反対に、通りから銃口が見えないか。細く障子を開けていることが不自然ではないのか――今朝早くから、千代の手を借りて確認を済ませている。通りを掃き掃除する体で、彼女が箒《ほうき》を手に表を歩き回り、二階の窓を様々な角度から眺めてきたのだ。

「大丈夫。中は暗いし、銃口は一切見えません。煙草《タバコ》の煙がこもらないように障子を細く開ける家は多いものですよ」

　と、千代が報告した。

　最近は随分と暖かくなってきたから、むしろ障子を閉め切っている家の方が奇異に感じられるかも知れない。色々な意味で、この新黒門町の煮売酒屋は、狙撃場所の根城として最適と言えた。

並び鷹の羽の殿様は、今朝も律義に、ちょうど四つ前に姿を現した。下谷広小路をこちらへ向けて真っ直ぐに南下してくる。

玄蔵は身を低く保ち、肘掛窓に銃身を乗せて気砲を構えた。先目当（照星）の遥《はる》か前方に顔馴染《かおなじみ》の標的が像を結んだ。正面からやってくる標的は、玄蔵から見て静止して見える。撃ちやすい。仕舞屋で、縦繁格子の狭い隙間から、右から左へと水平に移動する標的を狙ったのとは雲泥の差だ。

（これなら、目をつぶって撃っても当たる）

動悸《どうき》がして、頭に血が上るのを、ゆっくり息を吐くことで抑え込んだ。あの形の整った薄い唇が、もし大きく開かれたら——気砲の引鉄を引く。手応えがあり、小さな鉛弾が彼の口腔の闇の中へと吸い込まれていくのだ。

「玄蔵さん」

「え？　はい」

先目当と元目当（照門）から目を外すことなく、千代の呼びかけに答えた。

「今朝は撃たないのですよ」

「勿論です。弾は込めてませんから」

そう答えたが、千代の視線は玄蔵に注がれたままだ。気になって千代を見た。厳しい目でこちらを睨んでいる。

「どうしたんです？ 撃つわけないでしょ」

「御免なさい。でも、撃ちそうだったから……というより、撃ちたそうだったから」

「え？」

しばらく見つめ合った。千代がなにを言っているのか、朧《おぼろ》げに理解できた。

「俺、撃ちたそうだったのかい？」

「……はい」

千代が深く頷いた。どんな顔で照準していたのだろう。

「本番では、殺《や》る気で撃たないと当たらないから」

「はい、そうだと思います」

「そうですとも。殺るか殺られるかだから。真剣ですよ」

と、血相を変えて弁明した。自分でも議論がずれていることは分かっていた。千代は「撃ちたそうだった」と言ったのだ。玄蔵はそれを「本気」とか「真剣」とかの議論にすり替えている。

（俺は本当に、嗜好《しこう》として「人を撃ちたい」と感じているのだろうか。だとしたら、それは……」

「余計なことを申しました。お心を乱してしまい相済みません」

千代は顔を伏せた。気まずい沈黙が流れた。

すでに並び鷹の羽の行列は、広小路を右折し、玄蔵の視界から消え去っていた。

少し前までは、江戸に来た頃までは、人と獣は違うし、人を撃つことが「特別な罪悪」と考え、恐れていたはずだ。それが今自分の中で、相手を倒すことに快感を感じる悪魔的な嗜好が、罪悪感を凌駕《りょうが》しているとしたら――玄蔵は、己が心の深層に、得体の知れぬ不気味さを感じていた。

いつの間にか、眼下の下谷広小路には、雑踏と人いきれが戻っていた。

午後から多羅尾たちがやってきた。

煮売酒屋の家屋はまだ十分に使えるので、店舗の内装を少し手直しするだけで営業開始に持っていく――との体である。内装というからには、鳶《とび》職や大工職の出番はない。畳を入れ替えるのは畳職、板戸や襖や障子などを設えるのは建具職、その建具に紙を貼《は》り飾り立てるのは経師である。現場には様々な職種が入り乱れるが、それを統括する総監督のような立場にあるのが大工の棟梁《とうりょう》であろう。その大工の頭を演じるのが多羅尾で、年季が入って色の薄れた紺袢纏《こんばんてん》を着込み、しかめっ面で腕組みをしながら入ってきた。

（まるで本職じゃねェか。多羅尾の野郎、侍しくじったら大工の棟梁で食っていけるぞ……見かけだけならな）

玄蔵は嫌いな多羅尾を心中でからかい、溜飲《りゅういん》を下げた。

来た早々、三人は玄蔵と千代を残して逃走経路の確認に出かけてしまった。「撃ちたそうだった」の件で千代とは気まずかったので、自分も一緒に出かけたいと申し出たのだが、多羅尾から「日焼けするので昼間は出るな、馬鹿者」と同道を拒絶されてしまった。

千代は一階で拭き掃除に熱中する振りをして、二階に上がって来ない。これ幸いと、

自分の内面を掘り下げてみることにした。

獣を撃つとき、獣を倒すことそれ自体が楽しいと思って発砲したことは、一度もない、と自分では確かに思っている。これは本音だ。

（ただよォ）

と、深い嘆息が漏れた。

（それ自体がまやかしで、自分でも意識していない心の奥底では「撃ちたい」「殺すのが楽しい」と、ワクワクしながら引鉄をひいていたのかも知れねェ）

玄蔵は二階の部屋の隅で、膝《ひざ》を抱え、背を丸め、目の先の畳を呆《ほう》けたように見つめ、物思いに耽《ふけ》りつつ考え続けた。

（例えば、動きを止めた大熊だよ）

鉄砲を構えてにじり寄り、熊が完全に事切れていると確信した瞬間、えも言えぬ快感が、腹の底から湧《わ》き上がってきて、大声で叫びだしたくなるものだ。

あの感情を玄蔵は、職業的な達成感、家族を飢えさせないで済むことへの安堵感《あんどかん》の表出と思いなしてきた。だが、そもそもそれ自体が、綺麗事《きれいごと》に過ぎなかったのではないのか。卑しい己が心を糊塗《こと》するために、自分で自分を騙《だま》す——人には、よくあることだろう。

（熊は山の王だ。強く賢く美しい。そんな物凄い相手を力でねじ伏せ、足元にひれ伏させたのはこの俺だ。手前ェの力に酔い痴れ、雄叫《おたけ》びを上げていたのかも知れない）

今度の標的は、爪《つめ》や牙《きば》で武装してこそいないが、二十名からの家来を引き連れて歩く、おそらくは朝散大夫《ちょうさんたいふ》（従五位下《じゅごいげ》の唐名）だ。幕府の高官を仕留めることで、玄蔵は己が力を誇示でき、大きな快感を得るだろう。そんな心の機制が「撃ちたそうにしていた」と千代には映ったのではあるまいか。

人であれ獣であれ、他者を圧倒し、殲滅《せんめつ》することを喜びと感じる心が、もし自分の中にあるのだとすれば、それこそが即ち、妻がいう「もって生まれた罪」と――

「玄蔵さん、玄蔵さん」

千代の声に目が覚めた。膝を抱えたまま横倒しになり、そのまま眠りこんでいたようだ。千代の背後には、多羅尾と良庵が立っていた。

「逃走経路は万全だ。陽が傾いたら、良庵と一緒に下見してこい」

多羅尾が上機嫌で言った。

「これで逃走経路は確保できた。玄蔵、明日からは、もう遠慮はいらん。機会があれば撃ってもよいぞ」

「……」

いよいよ本番だ。

七

翌朝は、五つ（午前八時頃）過ぎに多羅尾たちがやってきた。

短い打ち合わせの後、階下では良庵と仙兵衛が賑《にぎ》やかに作業を開始した。建具に鉋《かんな》をかけ、障子に真新しい障子紙を貼り付ける。時々下卑た冗談が飛び交った。それを施主の女将さん役の千代が、はすっぱな言葉でたしなめる。外見《そとみ》には、何の変哲もない内装の普請《ふしん》場であった。

一方、玄蔵と多羅尾は二階の部屋で、広小路を監視していた。

「一つ、確認しときたいんですけど」

気砲を上下させ、空気を溜めながら玄蔵が訊いた。

「なんだ？」

「標的が口を開けない限り、撃たないんですよね」

「当面はそうだ。できれば卒中死に見せかけたい」

ここで多羅尾は、人差指を立てて玄蔵に念を押した。

「ただ……機会がなかなか訪れないようなら、あるいは、大きな方針変更があるやも知れんがな」

「撃つ絶好の機会が……標的が大欠伸《おおあくび》でもすれば、今朝でも撃ちますよ。撃っていいですね？」

「そこはお前の見立てでよい」

一旦発砲すれば、事の成否に関《かか》わらず、玄蔵は気砲を仙兵衛に渡し、家の裏から出て、予め決められた逃走経路に従い、落ち延びる手筈になっている。

朝の四つ（午前十時頃）は、まだ少し先だ。気砲に空気は溜めたし、便所にも行った。今はやることもない。部屋の隅に胡座《こざ》し、壁にもたれて目をつぶった。眠ろうとしたが、さすがに無理なようだ。なにせ、これから人を殺そうとしているのだから。諦めて目を開き、両の掌《てのひら》で顔をパンパンと二度叩いて気合を入れた。

「緊張しているのか?」

「まあね……そりゃあ多少はね」

「お前の気が紛れるなら、なにか話そうか?」

「や、別に」

「そう露骨に嫌そうな面をするな」

と、多羅尾が笑った。思わず顔に感情が出てしまったようだ。こんな時に多羅尾と語らったら、気が紛れるどころか、苛々が募って射撃に悪影響が出かねない。

「お前はワシのことを大層嫌っておるようだが、ワシの方は、お前のことを別段嫌ってはおらん。むしろ好きなくらいだ」

「そ、そりゃ、どうも」

あまりの気色の悪さに、どういう顔をしていいのか分からず、引き攣った笑顔で会釈した。

(手前ェなんぞに好かれるより、ミミズに好かれた方がよほどましだわ)

「ワシがお前に厳しく接するのは、お前が反抗的だからだ。お前が従順だったら、もう少し優しくしてやれると思うのだがな。どう思う？」

「どうって……」

妙な質問だと思った。少し考えてから答えた。

「そもそも、あんたたちは、俺の大事な女房子供を人質に取ってる。俺が、あんたに心を開くわけがねェだろ？」

「ふん」

と、最初こそ鼻先で笑ったが、多羅尾は胸の前で腕を組み、小首を傾《かし》げ、しばらく思案に暮れた。やがて――

「なるほど。確かにそうだ」

多羅尾は、さも納得したように頷いた。

「幾ら正義のためとはいえ、不便をかけておる。不憫《ふびん》なことだとも思っておる」

怒鳴られるか、皮肉を言われると思ったが、意外にも多羅尾は同意してくれたのである。

（なんだい。今朝の多羅尾は、物分かりがいいじゃねェか）

「では、御相談なんですけどね……」

と、胡坐《あぐら》から端座に座り直し、少し膝を進めた。交渉の余地がありそうなので、思い切って踏み込んでみることにしたのだ。

「俺の子供は六歳と七歳だ。女房共々家族四人で、土地勘もない江戸の町……どこへも逃げられはしませんよ。大体、千代さんみたいな凄腕の女忍に見張られていたんじゃ、俺一人だって逃げるのは難しい。違いますか？」

「ま、そうだな」

「今の俺には、あんたらの言うことを聞いて鉄砲を撃つしかないわけですよ。家族と一緒に住まわせては貰えませんかね。どうせ逃げられないなら、千代さんと緊張して暮らすより、女房子供相手にのんびりと過ごさせて貰った方が、気持ちも落ち着くし、鉄砲もより当たると思うんですけどね」

「千代に緊張するのか？」

「そりゃしますよ。あんな別嬪が襖一つ隔てて寝てるんだから」

「……わかった」

「えッ？」

まさかの返事に玄蔵は瞠目《どうもく》した。

「ま、ワシの一存ではどうにもならんが、お前の申すことにも一理はある。鳥居様に上申してみよう」

「あ、有難うございます」

と、畳に額を擦《す》り付けた。

「ただな玄蔵。鳥居様に話は通すが、鳥居様を動かすのはお前自身だ。なにしろ結果を出せ。せめて先《ま》ず一人、悪人を倒せ。そうすれば鳥居様だって、お前をより大事に扱おうとお思いになるだろうからな」

確かにその通りだろう。多羅尾の言葉の通りだ。まずは人事を尽くして、天命を待つことにした。

軽い足音が階段を上ってきた。千代だ。

「多羅尾様……」

と、それだけ言って意味ありげに頷いた。

「よし、千代は表に出て人混みに紛れ、不測の事態に備えよ」

「承知」

女忍は会釈を返し、階段を下りていった。

「玄蔵、来るぞ」

玄蔵は黙って気砲を摑み、障子の際に身を低くしてにじり寄った。

（さあ、来い）

障子を細く開き、手摺越しに広小路を窺う。

朝の四つは登城時間である。玄蔵の目の下を、二家の大名と、三家の大身旗本が通り過ぎた。いずれも威風堂々たる武者行列である。

（どの道、俺は毒を呷《あお》ることになるんだ。やれるだけのことはやろう。後のことは、後のことだ）

腹を括りつつ、気砲を構えた。

南の方角から朝の四つ（午前十時頃）を告げる鐘が響いてきた。日本橋本石町《にほんばしほんこくちょう》の時鐘だ。ここ上野新黒門町からは半里（約二キロ）と離れておらず、よく聞こえた。

本石町の次は上野寛永寺、その次は市ヶ谷八幡《いちがやはちまん》と順送りに時を告げ、九番目の四谷《よつや》天龍寺《てんりゅうじ》が鳴って終わる。

二町（約二百十八メートル）彼方、人並みが左右に割れ、新たな行列らしきものが姿を見せた。こちらへ向かって正面からやってくるので、行列の長さや規模は分からない。露払いの若党が三人、横に並んで進んでくる。

「見えた」

目のいい玄蔵が、気砲を構えたまま呟いた。

「槍は十文字、見覚えのある赤い鞘です」

「標的の行列に間違いない。お前の見立で撃てるなら撃て」

「承知」

最前聞いた千代の返事を真似《まね》てみた。何故、真似たのか――然程に深い理由はないが、なにとはなしに粋《いき》に感じたのだ。

（み、妙だな）

違和感を覚えた。

標的は馬に乗ってやってくるはずだ。幾らこの時代の馬が小柄だからといっても、騎乗すれば乗り手の頭は、地上から六尺三分（約百九十センチ）には届く。歩く家臣たちの頭より、肩から上が出ているはずだ。ところが、その騎乗の主人が見えない。三人並んだ若党の後方に見えるのは、長さ二間半（約四・五メートル）、赤鞘の十文字槍だけなのである。

「騎乗の殿様が見えません」

傍らの多羅尾に報告した。

「確かに、見えんな」

多羅尾は例によって、障子に指先で穴を開けて覗いている。

「主人が小便でも行列は止まるだろうしな……馬は見えるか？　標的が下馬して歩いておるのやも知れん」

　行列が徐々に近づく。

「あッ、駕籠《かご》だ」

　玄蔵が小さく叫んだ。行列の中に黒漆をかけた高級そうな駕籠が交じっている。

　武家諸法度の寛永令は、旗本の駕籠使用を禁じている。ただ、二百年余が経過して規定は形骸化、今では多くの旗本が駕籠を使っているのが実情だ。ところが玄蔵の標的はなぜか乗馬を好み、馬で登城することを習慣としていた。それが今朝に限って駕籠に乗ってやってきたのである。

「体調でも崩したかな？　いずれにせよ、今朝は撃つな。企ては中止だ」

　多羅尾が狙撃の一旦中止を指令した。

「ふうッ」

　溜息とともに、玄蔵は気砲を畳の上にソッと置いた。

　目の下の広小路を直角に曲がって行列は進んだ。駕籠の出入口には引戸が付けられ、柄が長く、四人の陸尺《ろくしゃく》が担いでいる。高位の武家が使う「乗物」乃至《ないし》は「引戸駕籠」と呼ばれる贅沢《ぜいたく》な駕籠だ。

「さすがのお前でも、駕籠の中では撃てんな」

「そりゃ、無理ですよ。標的が見えないんだから」

「ま、仔細を調べる。それまでお前は千代と二人で、この家で待機しておれ」

多羅尾は、玄蔵の肩をポンと叩き、階下へと下りていった。

「参ったね、どうも……色んなことが起こる」

玄蔵が小声で呟いた。

第三章　狙撃

一

親から受け継いだ仕事とはいえ、本多圭吾にとっての定町廻方《じようまちまわりかた》同心は、まさに天職といえた。

（詮索《せんさく》好きは生来のものだからな）

着流しの帯に両刀を手挟《たばさ》み、黒羽織の裾《すそ》を端折《はしよ》って帯に留める所謂《いわゆる》「巻き羽織」姿で町を往《ゆ》けば、あちこちで顔馴染《かおなじみ》の老若男女が笑顔で小腰を屈《かが》めた。

幼い頃《ころ》から好奇心が強く、「なぜ？」「どうして？」を連発しては、周囲の大人たちを閉口させたものだ。一家を構える三十五歳になった今も気質は変わらない。町方同心として、市井《しせい》に生じる如何《いか》なる謎《なぞ》にも食いついていく。執念深く追い回す根っからの猟犬であった。

あれは──閏《うるう》一月二十日に起こった事件だから、そろそろ二ヶ月《ふたつき》になる。

先代将軍の薨去《こうきょ》が発表される少し前のことだ。圭吾は、鈴ヶ森刑場での極悪人の磔《たっ》刑《けい》に立ち会っていた。

罪人はまだほんの子供で、奉公先の主人の殺害に手を貸した罪で断罪されていた。ところが、まだ生きていた磔台《はりつけだい》上の罪人を、鉄砲で撃った不埒者《ふらちもの》がいる。しかも一町半（約百六十四メートル）の遠距離から、見事に眉間《みけん》を撃ち抜いた。尋常な腕ではない。現場に残された巨大な十二文（約二十九センチ）の足跡と、一町半を撃ち通せる特殊な火縄銃――狭間《はざま》筒《づつ》をも手掛りとして、彼は今も探索を続けていた。

「親分、今日も無駄足踏ませちまったなァ。相済まねエ」

数寄屋橋《すきやばし》際の南町奉行所門前で、圭吾は日頃から使っている御用聞きの愛宕下《あたごした》の助《すけ》松《まつ》に詫《わ》びを入れた。

今日は、神田川北岸の外神田佐久間町に、平戸屋という廻船問屋《かいせんといや》を訪れたのだが、大いにあてが外れた。狭間筒のような長距離射程の特殊な火縄銃を、平戸屋が取り扱うことはないそうだ。

「手前ども船問屋の看板を上げてはおりまするが、事実上は唐物商《からものしょう》でございましてな、はい」

と、平戸屋佐久衛門《さくえもん》と名乗る、五十絡みの愛想のいい主人が説明した。

唐物商——長崎《ながさき》は出島《でじま》の阿蘭陀《オランダ》商館から、舶来《はくらい》の美術品や小間物などを仕入れ、船で江戸まで運び、大名家や大商人相手に高値で売却する旨味《うまみ》の多い商いだ。

「戦国の世ならばいざ知らず。泰平の世で長距離射程云々《うんぬん》なぞと、そんな物騒な得物《えもの》は……たとえ舶来品であっても、需要がございませんので」

「唐物商では商わぬと申されるか?」

「然様《さよう》で。むしろ……」

むしろ、長射程の鉄砲は、戦国期に国内で数多く製造されていたから、諸藩の武庫にこそ眠っているものだ。もし商品としての動きを捕捉するなら、唐物商より国内廻船の方を当たって見るべきだと佐久衛門は親切に教えてくれた。

「明日からは、国内廻船の問屋を回ってみようかと思ってるんだわ」

平戸屋を出て、助松と話し合いながら日本橋まで戻ってきた。

「ただね、旦那《だんな》……」

ふと助松が、思案顔で歩みを止めた。ちょうど日本橋の上だ。圭吾も助松に倣《なら》って歩みを止めた。

眼下を日本橋川《にほんばしがわ》(旧名平川《ひらかわ》)が西から東へとゆっくり流れている。伝馬船《てんません》や猪牙舟《ちょきぶね》が行き来し、両岸には巨大な倉庫が立ち並んで見えた。流れ下る先は、霊岸島《れいがんじま》を経て大川河口である。

「平戸屋の主人……佐久衛門とか言いましたっけ。野郎、なんぞ隠してるんじゃねェですかね」

「どうして？　不審な点でもあったのかい」

「最初に旦那が御身分を明かされたでしょ。あの時ちょっとね」

「ちょっとどうした？」

「目玉がかすかに揺れ、唇を舌で嘗《な》めやがった。後ろめたいことのある野郎が、決まってやる仕草でさァ」

「なるほど」

実は圭吾もその挙動に気づいてはいたのだ。もっとも――

「町方の役人と、おっかねェ面をした親分さんが訪ねてくりゃ、堅気は誰《だれ》も怖気《おじけ》るもんじゃねェのかなァ」

「ま、それもそうですかね。時に、旦那……」

と、助松が不躾《ぶしつけ》に顔を近づけ、露骨に覗《のぞ》き込んできた。

「なんだよ。顔が近ェぞ」

「今仰《おつしや》った、おっかねェ面ってのは、まさか俺《おれ》の面のことですかい？」

「そうだよ。お前《め》ェの強面《こわもて》のことさ」

「いくら旦那でも、そりゃ納得できねェ。女房は俺のことを年がら年中『可愛《かわい》い、可愛い』と……」

「馬鹿野郎」

と、鼻で笑って歩き始めた。草履《ぞうり》の下で、橋の敷板がギクギクと鳴り始めた。

「な、親分、まだ二ヶ月《ふたつきた》経ったただけだ。勝負はこれからだぜ」

と、圭吾は助松を励ましたが、あまり悠長には構えていられない。事件発覚後、半年を過ぎても目途《めど》が立たない場合、捜査は打ち切られ、事件は迷宮入りすることが多かったからだ。現在、南の奉行所に所属する定町廻方同心は八名。臨時廻と隠密廻《おんみつまわり》を併せても二十四人ほど。北の御番所もほぼ同数だから、合計で五十人足らず。たったそれだけの人数で、百万人都市江戸の治安を守らねばならない。多忙な同心たちを難事件に縛り付けておくわけにいかない道理だ。

「明日は鉄砲洲《てつぽうず》の方を回るつもりだが、親分、都合はどうだい？」

大川の河口、霊岸島の南、佃島《つくだじま》を見渡す鉄砲洲には、廻船問屋の店舗や蔵が集まっていた。

「そりゃもう、お供させて頂きやす」

好奇心旺盛《おうせい》な猟犬という意味では、圭吾と同族の助松が小腰を屈めた。

「旦那、お早うございます」

愛宕下の助松が、同心詰所の入り口で一声かけた。

「おう、今行くよ」

紫煙を燻《くゆ》らせていた本多圭吾が、煙管《キセル》の雁首《がんくび》を囲炉裏《いろり》の縁《へり》にトンと叩《たた》きつけ、勢いよく立ち上がった。

圭吾と助松は、正門の潜《くぐ》り戸から出た。三月の月番は北町奉行所だ。南町奉行所も稼働してはいるが、一応は月番に遠慮し、正門の大扉は閉めている。また、公事《くじ》（民事訴訟）も新たには受理していない。ただ、受理こそしないが、役所内では奉行や与力たちが、溜《た》まりに溜まった公事案件を必死で処理していた。往時の江戸は大変な訴訟社会で、年に三万件からの公事が提起され、その九割以上が金公事《かねくじ》（売掛金、借金などの金銭債権に関する訴訟）であったという。

閑話休題――

「あれ旦那、今日は鉄砲洲に行くと仰せだったのでは？」

数寄屋橋の南町奉行所を出た圭吾が、鉄砲洲とは反対の西に向かって歩き出したものだから、助松が慌てた。

「親分には言ってなかったな。今日は鉄砲洲はなしだ。これから内藤新宿《ないとうしんじゆく》へいく」

「内藤新宿?」

「なんとも奇遇でな。これが鉄砲繋《つな》がりよ、ハハハ」

「なんですかい、それ?」

助松が瞠目《どうもく》した。

圭吾が向かったのは、新宿 百人町《ひやくにんちよう》にある鉄砲百人組の組屋敷であった。

鉄砲百人組は、火縄銃百挺《ちよう》を備える強力な鉄砲足軽《あしがる》隊である。役高三千石の鉄砲頭に率いられ、幕府軍の中核をなした。通常は、せいぜい三十挺前後であるから、百挺が如何《いか》に強大かが知れよう。幕府には鉄砲百人組が四隊もあり、さらには通常の鉄砲隊として先手鉄砲組が二十組ある。その火力は他藩を圧倒する強大なものであった。

「そもそも一町半(約百六十四メートル)も離れて、子供の眉間《みけん》を射抜けるものなのでしょうか?」

圭吾は、銃器に詳しい鉄砲同心の長老の組屋敷を訪れ、詳しく話を聞いた。

屋敷といっても、塀や門はなく、生垣と木戸で百坪ほどの敷地を囲んでいる。八丁《はっちょう》堀《ぼり》にある圭吾の組屋敷と、ほぼ同規模だ。

「貴公、狭間《はざま》筒《づつ》を御存知かな？」

小さい髷《まげ》を結った白髪の老同心が圭吾に質《ただ》した。

「ああ狭間筒、伺ってございます」

「あれなら一町半が二町（約二百十八メートル）でも届くには届く。だが、狙って撃って当てるとなれば、また話が違ってきますな」

「当たりませんか？」

「お恥ずかしいことながら、我ら鉄砲同心には無理でござる」

鉄砲同心――鉄砲足軽と同義語である。幕臣に足軽はいない。正確には、足軽という呼称を用いない。戦国期に足軽であった者たちは誰も「同心」と呼ばれていた。この鉄砲同心の長老も、また町方同心の圭吾も、実態は足軽身分なのである。

身分は同じ二人だが、雰囲気は随分と異なっていた。

鉄砲同心はあくまでも番方（武官）であり、いつも羽織に袴《はかま》を着け、背筋をピンと伸ばしている。貧乏はしても、武士としての矜持《きょうじ》を保っているのだ。一方、町方同心は役方（文官）であり、多少は崩れていても構わない。着流しに、大きく月代《さかやき》を剃《そ》り上げ、髷も華奢《きやしや》でナヨッと垂れている。江戸庶民からは「八丁堀の旦那」と親近感を持たれるが、武士階級からは「不浄役人」「町方風情《ふぜい》」と蔑《さげす》まれていた。

「今、確か『鉄砲足軽には無理』と仰せのようでしたが、でしたら、誰なら出来るのですか？」

「それだけの鉄砲の腕を持つ者といえば、ま、猟師ぐらいかのう」

「猟師？　あの熊《くま》や猪《いのしし》を獲《と》る？」

「そうそうそう」

猟師の中には、とんでもない腕前の鉄砲名人がいるそうだ。鉄砲同心衆が月に一度、十発前後を動かぬ的に向かって撃つ程度では、技量の伸びに限界がある。その点、猟師は木々の間を機敏に動く獣を撃って暮らしを立てている。小動物は標的として小さいし、熊や猪は急所に正確に当てねば倒せないだろう。下手《へた》をすると逆襲を受けかねない。

「ま、厳しさが違いますからな。どうしても腕に差は出る」

「猟師なら、一町半の距離で子供の頭を撃ち抜けると？」

「ただ、猟師は狭間筒など持っておらんでしょう。長さ一間、重さ三貫（約十一キロ）の長大な火縄銃にござれば、山になど持っていけませんからな」

「なるほど。や、実はですな……」

圭吾は、現場に残された十二文（約二十九センチ）もある足跡のことを老同心に伝えてみた。

「十二文の足跡？　身の丈は六尺（約百八十センチ）を超えましょうな」

「さらに、その足跡は土の中に深くめり込んでおりましたから目方も相当……縦横によほど大きな男かと思われます」

「うん。間違いない。狭間筒を扱うならその男でしょうな。膂力《りょりょく》も強そうだし、そもそも鉄砲は、肥え太った者が撃った方がよう当たるのですよ」

発砲時の衝撃を体重が吸収してくれるので、銃身が安定して「よく当たる」ということなのだろう。

圭吾の頭の中で、松の木に上った巨漢が、長大な鉄砲を構える姿が完成した。

老同心に重々礼を述べて組屋敷を後にした。

「助松、ももんじ屋を当たってくれ」

「ももんじ屋？」

百獣屋と書いて「ももんじ屋」と読む。猪や鹿《しか》、野鳥などの獣肉を出す料理屋であれば、肉の供給元である猟師との繋《つな》がりも深かろうと考えたのだ。

とにした。

圭吾は、助松の手下を使い、知る限りの「ももんじ屋」に聞き込みをかけさせるこ

「で、どう聞きます?」

「江戸の近郊で『鉄砲名人と呼ばれる猟師』を知らないか、と訊《たず》ねろ」

「そいつが、礫小僧を撃ち殺した野郎ですね?」

「足が十二文ある。身の丈は六尺、目方も二十貫(約七十五キロ)前後はあろうよ」

「大男の鉄砲猟師か……こりゃ、目につきそうだ」

愛宕下の御用聞きが、嬉《うれ》しそうに両の掌《てのひら》を擦《こす》り合わせた。

二

町方同心である本多圭吾の組屋敷は、当然の如《ごと》く八丁堀にあった。八丁堀の東端である。東を水路(亀島川《かめじまがわ》)が流れ、その対岸はもう霊岸島だ。

近所には町方同心の組屋敷が立ち並んでおり、通りには「付け届け」や「頼み事」のために、わざわざこの地を訪れた商人や町衆、諸藩江戸屋敷に仕える武士たちの姿が多く、栄えてはいるが、武家町特有の静寂とは無縁である。

内藤新宿へ行った日の翌朝、本多家は、鉄砲名人や大男の猟師どころの騒ぎではな

くなっていた。

「つまりお義母様《かあさま》は、茶棚《ちやだな》のオハギを盗み食いしたのは、私だと仰りたいのでしょうかね⁉」

妻の於藤《おふじ》が、震える涙声で姑《しゆうとめ》の於葛《おかつ》を詰《なじ》った。

於葛が楽しみにとっておいた餡子餅《あんころもち》がなくなっており、母は、倅《せがれ》の嫁である於藤が盗み食いの犯人と決めつけたものだから、朝から嫁姑間で大喧嘩《おおげんか》が始まった。これが騒動の経緯《いきさつ》だ。

「あらま、『盗み食い』などとはしたない。使う言葉がこれだから嫌。やはり町人の娘は駄目ねェ。格式ある武家の嫁には不適格です」

於葛の言葉に嘘《うそ》はない。確かに於藤は武家の出ではないからだ。ただし、京橋《きようばし》で木綿や麻製品を手広く扱う太物問屋《ふとものといや》の令嬢である。

「格式？　たかが八丁堀同心家の格式ってなんですの？　それも抱席《かかえせき》……御譜代《ごふだい》ですらない」

多くの町同心は譜代ではない。抱席乃至《ないし》は抱入《かかえいれ》と呼ばれ「一代限りのお雇い」である。ただ、天保《てんぽう》期ともなると、同心の身分は事実上世襲化されていた。自動的に家督が相続されるわけではないが、古株の同心が死んだり隠居をすると、その子や孫が新規に召し抱えられるのが慣例化していた。本多家もまた然《しか》りである。

「町衆からの付け届けや賂《まいない》がなければ、やっていけない貧乏な御直参《ごじきさん》ではございませんの」

この妻の言葉もすべてが正しい。三十俵二人扶持《ぶち》の俸給だけでは、夫婦に子供が二人、姑一人の五人家族、とてもではないが暮らしていけない。ただ、奉公人が喧嘩や事故を起こした場合に、捜査や吟味に手心を加えて貰《もら》えるよう、大店《おおだな》や各藩の藩邸は、町方同心への賂を欠かすことがないから、その銭でなんとかやりくりしているのが実情だ。

「まあまあまあ、御両者とも、そう事を荒立てずに……実は、あの団子を食ったのは俺なのだ」

「ええッ、なんですって⁉」

普段息の合わない嫁姑が、声を合わせて叫んだ。

「うん。小腹が空《す》いてな。ちょいと摘まんでしまった。まさか母上が大事にとっておかれた団子とは露知らず……」

「オハギね。団子ではありませんよ。オハギです」

「あ、確かにオハギでした。訂正します。団子ではなくオハギです」

しどろもどろになった。それというのも、圭吾が茶棚の菓子を食った事実など一切ないからだ。おそらく、最近老耄《ろうもう》気味の母が、すでに自分で食べてしまった事実を忘却したか、あるいは姑憎しが高じた於藤が、本当に盗み食ったものだろう。ただ、この手の事実が明らかになることは未来永劫《えいごう》ない。母の老耄が治ることはないし、妻も意地を張り通すから、家の中が刺々《とげとげ》しくなるだけだ。ならばいっそと、自分が悪役を買って出た次第である。

「旦那、俺です。愛宕下の助松です」

遠慮がちな声が、玄関から流れてきた。

「おお、すぐ行くぞ」

これ幸いと、玄関に向かって大声で返事をした。やっと、嫁姑抗争の修羅場から解放される。待ってましたとばかりに立ち上がろうとした。

「圭吾、まだ話は終わっておりませんよ」

於葛が、逃げ出そうとする倅の羽織の裾を摑《つか》んだ。

「でも母上……お役目だから仕方ないでしょう。どうしろと仰るんですか。詳しい事情は、帰宅後に伺いますので、ね」

「貴方《あなた》様はいつもそう」

前掛けで涙を拭《ぬぐ》っていた妻の於藤が、恨みがましく睨《にら》んできた。

「いざとなると義母上様《ははうえさま》の肩ばかり持たれて、すぐに逃げ出されるのですから」

「そ、そんなことがあるもんかね」

圭吾は狼狽《ろうばい》した。母を立てれば、妻が泣き。妻を立てれば、母が激昂《げきこう》する。さすがの定町廻方同心も嫁姑の調停には苦労する。

「俺はいつだって公平中立だよ。尊敬する母上と、美しい妻のどちらにも依怙贔屓《えこひいき》はしない。あ、玄関で助松親分を待たせておる。では、俺はこれで……」

「卑怯者《ひきょうもの》、逃げるのですか！」

「や、あの、逃げるって……」

「薄情者、私に義母上様を押し付けてお逃げになるのね！」

「そ、そんな」

転がるようにして玄関から走り出た。

「だ、大丈夫なんですかい？」

木戸を出て、組屋敷が立ち並ぶ八丁堀の通りを歩きながら助松が訊《き》いてきた。

「なにがだよ⁉」

と、苛《いら》つき、陰険な目で助松を睨みつけた。手先に八つ当たりしても、詮無《せんな》いことだとは分かっているのだが――

「だって、お取込み中だったみてェだから、大丈夫かなって」

家の恥を、手先にまで曝《さら》してしまった。

（ま、恥を曝したのは初めてじゃねェしな……もう、どうでもいいや）

と、半分自棄《やけ》になりながらも「心配要らねェ。いつものことだァ」と吐き捨てた。

「お袋が葛《かつ》、女房が藤《ふじ》、二人併せりゃ『葛藤《かっとう》』だわな。於藤を嫁に貰ったときから、こうなることは予想がついてたわ」

ブツブツと呟《つぶや》きながらチラと助松を窺《うかが》うと、敏《さと》い御用聞きは、すぐに視線を逸《そ》らした。

奉行所の先輩に、母親が「せん」で、娘が「りつ」の家に婿養子に入った同心が居たが――ま、気を取り直し、先を急ぐことにしよう。

家では母と嫁の対立に翻弄《ほんろう》され二進《にっち》も三進《さっち》もいかない圭吾と違い、助松はすでに選《え》りすぐった三人の鉄砲名人の名を探り当てていた。

「親分、仕事が早いねェ。昨日の今日でよく調べてくれたな」

数寄屋橋へと向かう道で、圭吾は相好を崩した。やはり助松は有能だ。三人は、それぞれ秩父《ちちぶ》の佐平次《さへいじ》、八王子《はちおうじ》の弥助《やすけ》、そして丹沢《たんざわ》の玄蔵の三人である。

の地元で、尊敬と羨望《せんぼう》を集める現役の鉄砲猟師であるそうな。

「ただね」

助松が相済まなそうな顔をして、月代の辺りを指先で掻《か》いた。

「三人とも大男とは言えねェそうです。又聞きの範囲だが、丹沢の玄蔵はやや大きいそうだが、それでも五尺五寸（約百六十五センチ）あるかないかで、大男とまでは言えねェそうです。後の二人は、むしろ小柄な方らしい」

「ふ〜ん……」

結構な確信を持っていたのだが、どうも当てが外れたようだ。

「目方の方はどうだい」

「肥えた野郎はいません。三人とも痩《や》せて動きがいいそうで。確かに、肥えてると山歩きは辛《つら》いでしょうな」

鈴ヶ森の現場に残されていた大きな足跡は、土の中に深々とめり込んでいた。重さ三貫（約十一キロ）の狭間筒を抱えていたにせよ、当人自体もかなりの目方があるはずだ。三人の鉄砲名人は巨漢とは言い難い。大男と狭間筒を繋ぐ線が途切れそうだ。

（これは大男に拘《こだわ》り過ぎたかな？　あまり初手から決めてかかると、思わぬドジを踏むからなァ）

内心で少し反省した。いずれにせよ現状は、ももんじ屋を間に挟んでの又聞き情報に過ぎない。捜査側の人間が実見し、確認することが必要だ。

「分かった。役所についたらお奉行に報告してみる。手間はとらせねェから詰所の腰掛ででも待っててくれや」

「へい、承知しました」

有能な助松が頷《うなず》いた。


圭吾の直接上司は、江戸南町奉行の矢部左近将監定謙《やべさこんしょうげんさだのり》である。

直接上司が奉行——町奉行所同心衆の中で、隠密廻方、臨時廻方、定町廻方の総勢二十四人は通称「三廻方同心《さんまわりかたどうしん》」と呼ばれ、特異な立場を占めた。普通、同心の上役は与力である。吟味方与力の下に吟味方同心がおり、牢屋《ろうや》見廻方与力の下役として牢屋見廻方同心がいるといった具合だ。

ところが、三廻方同心の上役として与力は置かれていない。上役は直接、町奉行なのである。三廻方は江戸庶民と触れあう機会が最も多く、世情を広範に知り得る職種である。言わば幕府と江戸庶民との接点だ。また、秘密裡《ひみつり》に捜査や捕縛を行う必要上からも「中間管理職を置くべきではない」「奉行の直属とすべきだ」との判断があったようだ。

「本多圭吾にございまする」

奉行役宅の広大な庭に面した広縁《ひろえん》に、圭吾は畏《かしこ》まった。南町奉行所に本多姓は三人いる。人違いを防ぐため、敢《あ》えて氏名を名乗るのだ。

「おう。入れ」

と、低い声で呼び込まれた。

矢部は文机《ふづくえ》に向かい、二人の内与力に手伝わせて事務を執っていた。文机の上は勿《もち》論《ろん》、周囲の畳の上にまで書類がうずたかく積まれている。ちなみに、内与力は奉行所の正規の職員ではなく、旗本矢部家の家臣である。身分は陪臣《ばいしん》だが、奉行と与力衆の間に入って調整役を務め、意外に大きな影響力を持っていた。

江戸町奉行は、犯罪の摘発吟味と処罰の他にも、江戸の民生に関《かか》わる諸々《もろもろ》の事務を担当した。さらに公事（民事訴訟）の提訴が年に三万件だった。さらにさらに、幕府の最高審判機関である評定所の構成員でもある。現代の都知事と警視総監、東京地裁所長、東京地検検事正、最高裁判所判事が司《つかさど》る膨大な事務を、南北二人きりの奉行で処理していたのだ。内与力や与力や同心の補助があるにしても、最終的には自分が判断を下さねばならない。「激務」と表現するのはまったくもって生ぬるい。まさに働き詰めの苦役——乃至は拷問《ごうもん》である。現に、病による退任は珍しくもなく、幾人もの町奉行が在任中に卒中死を遂げていた。

「なんだ？　申してみよ」

例によって書類を読みながら、こちらを見もせずに話しかけてきた。こちらを見ないのは矢部が不遜《ふそん》な人物だからではない。単に忙しいだけだ。

「お奉行、本多圭吾、一点だけ無心がございまする」

「無心だと？」

書類から目を外し、こちらを向いた。奉行の顔を正面から拝するのは、久しぶりな気がする。いつも文机に向かっているので、横顔を見ながら話すのが常であった。

圭吾は、内藤新宿に鉄砲百人組の長老を訊ねたこと、やはり矢部の見立ての通り、狭間筒が使われたと思われること、鉄砲名人の猟師三名に目星を付けたこと、などを手短に報告した。

「つきましては、その鉄砲猟師三名の在所に、それぞれ御用聞きを派遣したく思うのですが。お許し頂けませんか」

「秩父と八王子と丹沢か……よいぞ。ただし一ヶ所に二人ずつ、別行動で行かせよ。戻ったら、二人から別々に報告を受けろ。よいな」

「承知ッ」

と、平伏した。本来なら圭吾本人が赴くべきだが、町同心には遠方に出張する暇がない。手先の御用聞きの、そのまた手下を派遣することになるのだろうが、矢部としては「そんな輩《やから》は信用ならない」と感じているようだ。別々に派遣させ、別々に報告させるのは真実性と客観性を担保するためなのであろう。能吏《のうり》の考えそうな策だ。

同心詰所に立ち返り、愛宕下の助松に奉行役宅での顚末《てんまつ》を伝えた。

「気を悪くしねェでおくれよ」

子分たちをまるで信用していない矢部奉行のやり方に、助松が反発するようだと困る。圭吾は助松の機嫌に配慮しながら言葉を続けた。

「助松親分の子分衆なら万に一つも心配は要らねェと俺には分かるんだが……お奉行は彼らを知らん。そこのところは分かってやってくれ」

「や、お奉行様のご心配は無理もございません。なにせ手前の子分どもは、元破落戸《ごろつき》やら元盗人《ぬすっと》ばかりなもので、エへへへ」

「いやいやいや」

と、一応は笑って否定したが、助松の言葉に誇張はない。そもそも彼自身が元は千《せん》住界隈《じゅかいわい》の破落戸で博徒上がりなのだから。毒を持って毒を制するではないが、百万都市江戸の治安を支えているのは紛れもなく、裏稼業を生業《なりわい》としていた――あるいは今もしている――堅気とは言えない男たちであった。

「じゃ親分、子分衆の手配の方は頼んだぜ。旅費は奉行所の方から出るから心配要らない」

「それは助かります」

元破落戸が相好を崩した。

三

標的が、引戸駕籠《かご》に乗って現れてから三日が経《た》った。今朝も同じ駕籠が目の下を通り過ぎ、玄蔵たちは臍《ほぞ》を噛《か》んだ。

多羅尾が調べたところによれば、標的は腰を痛めて馬に乗れず、仕方なく乗物を使っているらしい。

「馬に乗れぬほどの腰痛か……しばらくかかりましょうな」

医術にも詳しい良庵が舌打ちした。

「明日にも腰痛が癒《い》え、馬で登城してくるやも知れぬ。いつでも撃てるように、必ず狙撃《そげき》の準備だけはしておけ」

と、多羅尾が命じた。

翌朝も標的は乗物で玄蔵たちの前を通過した。毎朝毎朝、極度の緊張と弛緩《しかん》が繰り返される。その後は終日、狭い煮売酒屋の中で同じ顔を突き合わせながら、話すこともなくブラブラと過ごすのだ。この微温湯《ぬるまゆ》のような状況に、誰もが倦《う》み、苛つき始めていた。

ただ、心の乱れは照準の乱れに、引いては射撃の失敗に繋がる。

玄蔵は、努めて丹沢での狩猟の日々を思い起こすようにしていた。熊撃ちの場合など、足跡を十回追っても、獲れるのは一度だ。失敗することが前提で、上手《うま》く行けば棚ぼたなのである。一々失敗に苛ついていたら、猟師などできるものではない。

(猟師は俺の天職のはずだァ。平常心で行こう。苛ついちゃなんねェ)

壁に背をもたせかけて座り、玄蔵は物思いに耽《ふけ》っていた。障子窓《しょうじまど》の下からは下谷広小路の雑踏が沸き上がってくる。

(剽悍《ひょうかん》な体と糞《くそ》度胸。鉄砲の腕でも引けは取らねェ。獲物《えもの》に忍び寄り、あばらの三枚目に狙《ねら》いをつけてドンと撃つ)

手応《てごた》えがあり、大物がゴロンと倒れたときの、えも言われぬ達成感——

「糞がッ」

そう吐き捨てて、玄蔵は考えるのを止《や》めた。ゆっくりと背中をずらし、倒れ込むように横たわった。目の先の畳の上で、小蝿《こばえ》が盛んに前脚をすり合わせている。玄蔵は目を大きく見開き、蝿をジッと見つめていた。

(俺……本当は人を撃ちたいんじゃないのかな?)

まだ蝿はそこにいる。大きな黒い目が自分を睨んでいるような気がした。

根城である仕舞屋《しもたや》の二階から、馬上に揺れる武士の頭へと狙いをつけたとき、引鉄《ひきがね》をひいて気砲に溜《た》めた空気がプシュッと抜けたとき、自分の中に「人を殺すことへの嫌悪感」が如何《いか》ほどあっただろうか。

(正直なところ、大熊を狙ったときと、人を狙ったときとで、然程《さほど》の違いはなかったんだよなァ)

自分の解釈が正しければ、希和は「たとえ罪を犯しても、罪を憎み、悔い改めることで、人は神から許されると言っていたように思う。

(罪を憎み、悔い改めるのか……でもよォ、俺ァ……)

瞬間、蝿が飛び去った。入れ違いに階段を軽い足音が上ってきた。

「どうされました。眠っておられたのですか?」

千代の澄んだ美しい声に促され、玄蔵は畳の上で身を起こした。

「下は静かだけど、多羅尾様たちは？」

「気晴らしに不忍池で蓮飯《はすめし》を食べてくるって、さっき三人揃《そろ》って」

蓮飯は、不忍池の名物である。弁天島《べんてんじま》や池之端《いけのはた》の茶店や料理屋で供された。葉や種子を飯に炊《た》き込んだり、混ぜ物として使ったりと、様々な種類があって実に美味《うま》い。

「だから今は……私たち二人だけです」

玄蔵の前に端座し、千代が答えた。

あえて「二人だけ」を強調したようにも聞こえる。玄蔵は女の目を見た。千代も曇りのない目で見つめ返してきた。

（どうせ俺ァ、人を撃ちたくてウズウズしているような屑《くず》だ。「希和や子供たちに済まねェ」とか綺麗《きれい》ごと言ってねェで、いっそこの場で抱いちまうか……多分この三ヶ月《みつき》、本音ではずっとそうしたかったんだろうからなァ）

「駄目です」

拒絶された。

「な、なにが？」

「犬や猫ではないのですから、明るいうちから閨事《ねやごと》など致しません」

「お、俺はなにも、そんなこと……」

しどろもどろになった。よほどギラついた、物欲しそうな様子だったのだろう。卑しい心を女に見透かされ、顔が赤くなった。二人はしばらく睨み合っていた。

「よ、夜なら、いいのか？」

千代は恥じらうように目を伏せ、無言で頷いた。

「あんた、嫌じゃないのかい？　好きでもない男にいいようにされるんだぜ」

「玄蔵さんのお心を繋ぎ止めておくのも、私のお役目の一つですから」

そう言われると身も蓋《ふた》もない。

「それに……」

ここで千代は顔を上げ、玄蔵を見つめた。

「私、玄蔵さんのこと『好きでもない男』とは思っておりませんので」

（どういう意味だ？　俺に気があるってことか？　上等じゃねェか玄蔵、これは、言わば据え膳《ぜん》だ。浮気の一つや二つどうってこたァない。どこの男だって、隠れてやってることさ）

その刹那《せつな》、十字架を一心に拝む希和の姿が脳裏に浮かんだ。

（き、希和……）

妻は美しいだけの女ではない。生真面目《きまじめ》で、正直で、働き者で、子供たちには優しい母、玄蔵には貞淑な妻だ。なに一つ落度はない。今この時にも、希和は彼女の神に、玄蔵の無事を祈ってくれているのかも知れない。そんな妻を、自分は裏切ろうとしている。

「じゃ今夜、あんたの部屋にいくよ」

声が掠《かす》れた。

「はい」

千代は会釈して立ち、階下へと下りていった。

（悪びれて、毒を食らわば皿までか？　まるでやさぐれたガキだ）

玄蔵は落ち込んだ。自分のことが嫌いになりかけていた。

結局その夜も、玄蔵が千代の部屋に忍んでいくことはなかった。大した理由はない。今後、突き詰めて考えることもしたくない。

引戸駕籠で登城している標的だが、殿中では痛そうな素振りも見せず、普通に歩いているそうな。

「腰痛は、大分回復しているらしい」

多羅尾が、改装中の煮売酒屋《にうりさかや》の店舗内で一同を見回した。

「それでも、乗物での登城はやめそうにない……何故《なぜ》でござろう」

良庵が思案顔で呟いた。

「なかなか引戸駕籠は好《よ》いものらしいからな。御大名になった気分で、旗本衆は大喜び、感無量であるそうな」

と、多羅尾が皮肉に笑った。

一旦《いったん》、駕籠の味を覚えると、馬になど乗りたくなくなるのかも知れない。標的も、なんやかんやと理由をつけて、ズルズルと駕籠を使い続けているようだ。

「拙者に、一計がござる」

良庵は、多羅尾にではなく玄蔵に向かって話し始めた。

「ね、玄蔵さん、巣穴に逃げ込んだ狐《きつね》を獲るときは、入口で焚火《たきび》をし、煙で燻《いぶ》り出すものでござろう？」

「そ、そうですね」

少し困った。

狐は賢い獣なので、一つの巣穴に出入口を幾つも作っている。だから単純に焚火の煙を入れただけでは獲れない。他の出入口から逃走してしまうからだ。その点、知恵の足りない狸《たぬき》や穴熊《あなぐま》なら、焚火の煙も有効だと思う。ただ、素人相手に些末《さまつ》的な違いを説明するのは馬鹿らしいと思い黙っていた。

「拙者らも『駕籠に籠《こも》った狐を煙で燻り出す』のでござるよ」

美男の秀才が、ニコリと微笑《ほほえ》んだ。

良庵は、改装現場にあった障子紙を手に取り、小上がりに敷かれた畳表の上に長々と拡《ひろ》げた。道具箱から矢立てを取り出し、文章をスラスラと認《したた》め始めた。長文である。達筆に過ぎ、玄蔵にはちと難しい。読める文字もあるが、多くは読めない。首を傾《かし》げていると、見かねた多羅尾が音読してくれた。

「そもそも、久世伊勢守《いせのかみ》は……ああ、標的の正体がバレちまったなァ」

「もう誰でもいいですよ。俺ァ撃つだけだ。それより先を読んで下さい」

玄蔵が多羅尾を急《せ》かした。

「若い妾《めかけ》との房事《ぼうじ》にかまけ……妾だと？　隠し女が伊勢守におるとは初耳だ。良庵、お前どこで知った？」

多羅尾が良庵を見た。

「これは狐を燻り出す煙にござる。所詮は煙にござれば実態などどうでもよろしい。嘘でも真《まこと》でも構わんのでござるよ。それに、三千石の御大身《ごたいしん》なら側室ぐらいはいるでござろう」

と、筆を止めることなく返した。標的は、三千石の分限《ぶげん》らしい。

「要は、世間と久世伊勢守をあおればそれでよいと申すのだな？」

「然様にござる」

良庵が笑顔で頷き、多羅尾は書の朗読を再開した。

「房事にかまけ、御役目を蔑《ないがし》ろにしている。現に腰を振り過ぎて腰痛を患い、昨今は馬にも乗れなくなった。武家諸法度の主旨を虚しゅうし、旗本の本分を忘れ、日々老人のように権門駕籠《けんもん》にゆられ、見苦しく登城している。正に、退廃の極み……ハハ、こりゃ酷《ひど》いな」

良庵は、この告発状を標的である久世家の屋敷の門などに貼《は》り付けることを多羅尾に提案した。旗本として、武士として外聞が悪いこと甚《はなは》だしい。これで多少は無理をしても、馬に乗って登城する気になるだろう。

「側室ではなく、妾としているところが如何にも淫靡《いんび》でよい」

側室は正室でこそないが、一応は正規の妻である。

「いっそ『若い妾』の前に『町屋に囲った』と挿入してはどうか？」

「あ、そりゃいい。書き直すでござるよ」

と、惜しげもなく揮毫《きごう》した文章を破り捨て、新たに障子紙を繰り出して広げた。

「ハハハ、狐の奴《やつ》、腰痛なぞと言っておられんようになるぞ」

多羅尾が豪快に大口を開けて笑った。

（久世とかいう標的が、このぐらい大口を開けてくれると、容易に弾を撃ち込めるんだがなァ）

と、勝利を確信して盛り上がる一同の中で、玄蔵一人が別の思案を巡らせていた。

四

「今夜は、どうなるんでしょうかね」

玄蔵が、良庵に訊いた。

陽《ひ》は随分と傾いたが、二階の窓から見下ろす下谷広小路は、まだまだ活気と人波で溢《あふ》れていた。

今夜の月は居待月《いまちづき》だ。宵の口から上る大きな月は、明け方まで十分に明るく、忍び働きには不向きな晩といえた。

「ま、雲が出始めたから、なんとかなるでござるよ」

畳の上に仰臥《ぎょうが》し、腕枕《うでまくら》で天井を見上げていた良庵が答えた。

雲が月を隠してくれれば好都合だ。旗本屋敷の門扉に、告発状を貼り付ける作業はし易《やす》くなるだろう。

多羅尾は久世邸に、良庵と仙兵衛を差し向けると決めていた。煮売酒屋を出るのは夜遅く、というよりも明朝の払暁である。それまでは転寝《うたたね》でもして、十分に英気を養っておくよう、良庵たちは命じられていた。

「でも結局、早朝に門番が気づいて剝《は》がしたら、大した評判にもならないような気もするんですけどね」

朱に染まった夕焼け雲を窓から愛《め》でながら、玄蔵が訊いた。

「たとえ朝一で剝がされても、大した評判にならなくても、そこは別段構わないのでござるよ」

「と、いうと？」

「剝がす前に誰かに見られたやも知れない。後日評判になるやも知れない……その手の不安と焦りを抱かせれば、久世は馬に乗ります」

「そんなものでしょうか」

「如何な大身といえども、宮仕えとはそんなものでござるよ」

美男の学者が頷き、目を閉じた。無理に寝ておこうとしているのは分かるが、玄蔵はどうしても、もう一つ訊いておきたかった。

「ね、良庵先生?」

「はい」

「あんた、どうしてこの企てに参画されたのですか?」

「そんなことを訊いて、どうするお積りでござるか?」

瞑目《めいもく》したまま良庵が玄蔵に質した。

「大した理由はないけど……ま、好奇心ですかね」

「なるほど」

しばらく会話は途絶えた。良庵は少し考え込んでいる風に見えた。

「実はね……」

やがて目を開け、上体を起こし、周囲を見回してから、良庵は声を潜めて話し始めた。

「拙者、異国に渡って、学問をしてみたいのでござるよ」

「異国って、どこ?」

「ま、言葉の通じる阿蘭陀《おらんだ》に」

良庵の出自は長崎の阿蘭陀通詞《つうじ》だ。

「でも御法度でしょう?」

言わずと知れた鎖国令である。

「渡航を禁じているのは幕府です。だから今はその幕府のために働いてござる。大いに貸しを作り、特例で秘密裡に渡航を認めてもらうのでござるよ」

「約定みたいなものは、交わしてるんですかい？」

「鳥居様が確かに請け合って下さった」

「あ、鳥居様がね……」

女房に蜜柑《みかん》を捧げ持たせ、半町（約五十五メートル）離れたところから亭主に撃たせた冷血漢の顔が浮かんだ。

おそらく良庵だけではあるまい。開源も千代も、何かしらの目的のために、この忌まわしい人撃ちの企みに参画しているはずだ。逆に、鳥居と多羅尾と仙兵衛の三人は宮仕えの身だから、お役目の一環として動いているものと思われた。

（ま、いいや。手前《てめ》ェで訊いててなんだけど……あまり深入りしないでおこう）

良庵はいい奴だ。鳥居は信用がならない旨、伝えようかとも思ったが止めにした。

（俺は黙って人を撃つ。終われば、江戸とも、多羅尾たちとも未来永劫おさらばだ。丹沢に戻って女房子供と昔通り、静かに暮らすんだ）

良庵に阿蘭陀留学が許されることを祈りはするが、もし鳥居に騙《だま》されて、夢が叶《かな》わなかったとしても、どうせ玄蔵にできることはなに一つないのだから、気にするだけ無駄だと自分で自分を納得させた。

良庵と仙兵衛は、久世邸の門扉の他数ヶ所に告発状を貼り付けたのだが、その効果が早速《さっそく》に現れた。

二階の窓で気砲を構える玄蔵の目前を通りかかった行列――久世伊勢守が馬に乗ってやってきたのだ。

「ようしッ」

傍らで多羅尾が小さくうめいた。

鞍上《あんじょう》の久世は、憮然《ぶぜん》とした表情で口を真一文字に結んでおり、今のところ口を開ける兆候は見えない。妙な貼り紙をされ、駕籠に乗り辛くなったことで機嫌が悪いようだ。それでも玄蔵は、標的の口元に狙いをつけていた。もしあの口が開いて、少しでも隙間《すきま》ができれば、鉛弾を撃ち込む機会がなくもない。

二十間（約三十六メートル）、十五間（約二十七メートル）、十間（約十八メートル）

――ジワジワと近づく。

（口を……開けろ）

と、心中で唱えた瞬間、久世の口元がピクリと動いた。玄蔵の両腕に力が漲《みなぎ》る。

（大きく開けろ！）

さらに力が入った。緊張しながらも、思考は氷結した湖面のように静まっている。心は熱く、頭は冷静――集中の極みとも呼ぶべき最高の状態だ。こういう気分のときに、的を外した記憶は一度たりともない。

（当たる！）

標的の口元、舌がわずかに覗いた。

だが、舌は唇を湿らすように嘗めただけで姿を消し、口元はまた元の真一文字に戻ってしまった。行列は、玄蔵から向かって左手の御成道方向へと、直角に曲がり始めた。

「ふ――――ッ」

思わず、ため息が漏れた。

「撃たんでいいぞ」

障子の穴から表を窺っていた多羅尾が、無念そうに狙撃の中止を命じた。

玄蔵は畳の上にガックリと腰を下ろし、気砲を立てて肩にあてがい、体重をかけてもたれ掛かった。

「早速、告発状が効いたようだな」

溜息《ためいき》混じりに多羅尾が言った。

「そのようで」

確かに標的は馬に乗ってきた。注文通りだ。後は、大口さえ開けてくれればそれでいい。

「なあ玄蔵よ」

玄蔵のすぐ前に、向かい合って腰を下ろした多羅尾が目を覗き込んできた。

「はい？」

「我らがここへ来たのは三月の十一日で、今日は十九日だ。千代は近所に『十日ほどで煮売酒屋を開店する』と触れ回った。我らが実際に飯屋を開店することはないのだから、怪しまれずにここにおられるのは、長くて後三、四日ということになる」

「はい」

「二十三日が期限だ。二十二日までは毎朝ここで久世の口元だけを狙え。そして二十三日も口を狙うが、もし機会がないようなら構わぬ、頭を撃ち抜け」

「……」

最後は黙って頷いた。武家相手に非礼かとも思ったが、多羅尾が目を剝くことはなかった。玄蔵には自信があった。この距離なら、そして今の集中力なら、人の頭はおろか、開いた口の中に弾を入れることすら容易《たやす》かろう。

（もうこれは、間違いないわ）

今の自分に、人を撃つことへの躊躇《ためら》いはない。鉄砲を向け、狙い、引鉄を引く。自分はそれだけの「絡繰《からく》り仕掛《じか》け」になりきっている。銃口の先にあるのが獣なのか、人なのかは、大きな問題ではない。見世物小屋で湯呑《ゆのみ》を運ぶ絡繰り人形が、湯呑の中身が茶なのか水なのか、気にしていないのと同じことだ。

（や、それも違うな）

と、心中で頭を振った。

（もう少し俺ァ因業《いんごう》だ。手前ェの腕で、技量で、偉いお武家を倒すことへの渇き？　願い、みてェなものが確かに俺の中にはある）

絡繰り人形は望んで湯呑を運んでいるわけではない。対して自分は、それを望んでいる。そこが違う。

（これが希和の言う「もって生まれた罪」ってもんなのかねェ）

「おい、玄蔵、大丈夫か？」

多羅尾が心配そうに、玄蔵の目の前で手を振っている。

「だ、大丈夫でございます」

心ここに在《あ》らずだったようだ。呆《ほう》けたような目で多羅尾を見つめていたらしい。

午後、気散じがてら、もう一度、逃走経路の確認に赴くことにした。狙撃を済ませた玄蔵は、拠点のある上野新黒門町から東へ移動して下谷同朋町《どうぼうちょう》へと抜け、そこからさらに南下して車坂町《くるまざかちょう》まで逃げることになる。

昼過ぎに良庵と二人連れ立って勝手口から出た。変装のための薄化粧は、久世が来る前に——つまりは、朝四つ（午前十時頃）以前に——すでに済ませていた。最近では千代も手が慣れて、半刻（約一時間）ほどで片づけてしまう。

根城にしている煮売酒屋の裏は細い路地に面しており、立て込んだ家々の間の小径《こみち》を少し歩くと、広小路ほどには広くないが、瀟洒《しょうしゃ》な表屋が連なる大きな通りへと出た。人出も多く、棒手振《ぼてふ》りや商店の客引きの声が飛び交っている。どこからかプンと、焼き味噌《みそ》の薫香《くんこう》が流れてきた。

良庵に促されて歩き出すと、なにか黒い影が、玄蔵の菅笠《すげがさ》をかすめるようにして飛んだ。

「お、ツバメかァ」

玄蔵は菅笠の縁《へり》を持ち上げて、夏鳥の軌跡を目で追った。

本日は旧暦の三月十九日だ。新暦に直すと五月九日に当たる。まさに薫風が香り、燕《つばめ》が舞う気持ちのいい季節なのだ。

「逃走に舟が使えないのは如何にも不便でござるなァ」

菅笠を目深に引き下げて歩きながら、良庵が不満げに囁《ささや》いた。前の狙撃拠点、北大門町の仕舞屋からは、不忍池から流れ出る忍川を使って脱出できた。しかし、今回の根城は近傍に水路がなく、猪牙舟は使えない。

「それに武家地に囲まれており、町人が歩くと目につき易いのも難点にござる」

この辺りは町屋が続くが、町人町の東西を挟むようにして、御徒や同心衆など下級幕臣たちの組屋敷が軒を連ねていた。数寄屋坊主《すきやぼうず》の河内山宗春《こうちやまそうしゅん》が住んだ下谷練塀小路《したやねりべいこうじ》などがすぐそこだ。

そこで良庵は一計を講じ、車坂町に一軒の町家を借りていた。通りに面した表家造りの空家《あきや》だが、路地を入った奥に勝手口があり、目立つことなく出入りが可能だ。新黒門町の狙撃場所からは、ほんの五町（約五百四十五メートル）ほどの距離である。

玄蔵は狙撃後、この家に一人潜んで、夜を待つ。暗くなったら良庵か千代が迎えにくる手筈《てはず》になっている。

「今日は家の中に入ってみますか？」

以前、下見にきたときには、人通りも多く、所在地と外観を確認しただけで、家の中には入らなかったのだ。

「じゃ、下見で」

空家は、黒板塀を巡らせた瀟洒な二階家であった。小ていな庭には雑草が繁茂《はんも》しており、如何にも空家然としている。

「空家の体だから、暗くなっても明りを灯《とも》さないように。大きな声や物音も厳禁にござるぞ」

「気をつけます」

と、その場は穏当に返事をしたが、人を殺した後に、寂しい空家で一人過ごすのだ。闇《やみ》の中で一人、迎えを待つ自分の姿を想像すると憂鬱《ゆううつ》になった。

（ま、人一人を殺すんだ。あまり贅沢《ぜいたく》は言えんわな）

もっとも、今度の空家は、北大門町の仕舞屋や新黒門町の煮売酒屋に比べて、格段に清潔で豪華で、居心地はよさそうだった。

「玄蔵さん、これからどうします？　まっすぐ根城に戻りますか？」

「できれば、もう少し歩きたいですね」

丹沢の猟場では、雪の無い時季なら日に十里（約四十キロ）も歩く暮らしをしていた自分だ。それが来る日も来る日も、煮売酒屋の二階でグズグズしているばかり。心と体に苔が生えそうだった。

「それなら、佐久間町はほんの四半里（約一キロ）先だから、平戸屋さんに挨拶《あいさつ》していきませんか？　なにか珍しい得物の話を聞けるかも知れないでござるよ」

「そりゃいい」

と、話は簡単にまとまった。平戸屋からはゲベール銃、狭間筒、気砲と有用な得物を幾度も購入している。阿蘭陀商館を通じて海外の事情にも明るい平戸屋佐久衛門との連絡は途絶えさせたくはない。

だが平戸屋を訪れると、主《あるじ》の佐久衛門は顔色を変え、狼狽した様子で玄蔵らを店の奥へと誘《いざな》った。

「南の定町廻の同心が訪ねて来ましてね」

佐久衛門が、人払いをした奥座敷で声を潜めた。

「狭間筒について根掘り葉掘り聞かれましたよ。勿論《もちろん》、あんたらに売ったなんてことはこれっぽちも喋《しゃべ》っていません。惚《とぼ》けておきました」

「いつ頃でござるか？」

「三月の十三日だから、六日前です。同心の名は本多……」

「圭吾？」

「そう本多圭吾様、間違いない。齢《とし》の頃は三十半ば、中肉中背の渋い御武家でね」

「……参ったな」

良庵が頭を抱えた。本多圭吾は、鈴ヶ森で玄蔵が小僧を撃った瞬間、振り向いた同心だ。早くも狙撃の得物として狭間筒を使ったことを見抜かれたようだ。捜査の手は確実に迫ってきている。

「あんたたちの連絡先も分からないから、やきもきしていましたよ」

佐久衛門は不満顔だが、良庵としては軽々に松濤屋敷の名を出すわけにはいかない。仕方なく、愛宕下にある己《おの》が仮寓《かぐう》先《さき》の住所を伝え、平戸屋を後にした。玄蔵は、良庵が愛宕下の旗本屋敷に間借りしていることを、この時初めて知った。

急ぎ足で新黒門町の根城に戻り、平戸屋の件を多羅尾に報告した。

「然様か、分かった」

多羅尾は、意外と冷静に事実を受け止めた。むしろ同席した千代と仙兵衛の方が動揺を露《あら》わにした。

「なんぞ、手立てを講じねばなりませぬな？」

仙兵衛が多羅尾に言い、千代も頷いた。

「それもそうなのだが、まずは目の前の役目に集中せよ」

多羅尾が仙兵衛を睨みつけた。

「玄蔵以下、お前らは動揺することなく悪人久世を確実に倒せ。本多圭吾の件は、ワシらの方でなんとかしてみる」

多羅尾は、そう話し合いを締めくくった。

五

二十日、二十一日、二十二日と久世伊勢守は、口を開くことなく玄蔵の前を通り過ぎた。多羅尾の命に従って、玄蔵は狙撃を見送った。残された機会は、最終日の二十三日のみである。

「いよいよ明朝で終わる。ここで貴女《あなた》と摂《と》る夕餉《ゆうげ》も最後ですね」

「はい」

小さく頷き、千代は味噌汁の椀《わん》を膳に置いた。七つ（午後四時頃）過ぎに多羅尾たちが引き揚げ、今宵《こよい》も、千代と二人きりの夕食である。シロギスの塩焼きに、ヤマウドとワカメの味噌汁、後は香の物に白飯――質素だが季節感のある献立だ。玄蔵は油断すると肥える性質《たち》なので、飯のお代わりを求めることはないのだが、今夜に限っては二杯を平らげた。

「お珍しい」

千代がわずかに微笑んだ。

「お菜が美味《うま》いから」

「大仕事の前夜の健啖《けんたん》、頼もしい限りにございます」

「どうせもう人一人を殺してるんだし、今は毎朝恨みもない人の口元に銃口を向けている。もうね、たいがい慣れましたよ。元々猟師だったのか、人殺しだったのか、自分でもよく分からなくなります」

と、苦笑してみせた。

「玄蔵さんは腕利きの猟師ですよ。昔も今も、そして将来もね」

「そうありたいとは思うんですが……」

そう呟きながら、飯の残りに白湯を回しかけた。

人を撃つことが、「特別なこと」とは思えなくなっている自分が嫌だ。さらにもしや心の奥底で、人を撃つことに飢《かつ》えているとしたら、自分で自分が怖い。

「で、今宵は如何《いかが》なさいますか？」

伏し目がちに千代が訊いた。

「如何って……」

箸で摘まんだ沢庵《たくあん》で、湯かけ飯を攪拌《かくはん》し、一気に流し込もうとした手を止め、千代の顔を窺った。若い女としたら随分と大胆な発言だ。

「閨事《けいじ》のことですか？」

「明日以降は、また奥様の近くに戻られるのですから、今夜はよい機会かと」

「ああ、なるほど……」

玄蔵は茶碗を膳に置いた。しばらく沈黙が流れた。

「分かりました。後ほど伺います」

まるで野菜屋が、菜っ葉でも届けるかのような口振りだ。

「先日もそう仰られて、でも、見えられなかった」

「今夜はちゃんと行きます」

「……」

千代は黙って下から玄蔵を睨んでいたが、やがて手で口を押さえて吹き出した。

「可笑《おか》しい」

「なにが？」

「玄蔵さんは、この三ヶ月《みつき》で随分と嘘つきになられたから。平然と嘘をおつきになる。初めてお会いした時には、こんな風ではありませんでした」

千代と初めて会ったのは一月だった。閏月を挟んで今は三月——確かに三ヶ月《みつき》が経っている。

「嘘なんか言ってやしませんよ。ただ、明朝には大仕事が待っている。怖気《おじけ》づいて、気鬱《きうつ》になって、その気にならないかも知れない」

「それも嘘よ。小食な上に怖気て気鬱の人が、シロギスの塩焼きで御飯をお代わりしますか？」

千代がまた笑った。今度の笑いには、少しだけ軽蔑《けいべつ》が含まれているようで、無闇に腹が立った。

「ああ、お代わりぐらいするさ」

己が前の膳をどけ、さらに千代の膳をも横にずらした。大きく踏み込んで、女の肩を摑み、畳の上へと押し倒した。千代の上に体を重ね、上と下とで睨み合った。

「なんなら、今この場で抱いてやろうか？」

「……嬉しい」

二人はしばらく見つめ合っていた。表の通りを、拍子木を打ち鳴らしながら、夜回りが通った。

やがて玄蔵は千代の上から下り、畳の上に仰臥した。二人は横に並び、黙って薄暗い天上の杉板を見つめていた。

「俺、怖いんだよ」

「まさか、私が怖いの？」

「違うよ。千代さんを怖いとなんか一度も思ったことはないさ」

「また嘘ついた」

「あの……済まん」

確かに幾度か「女忍の得体の知れなさを怖いと感じた」ことがある。

「でもよォ」

玄蔵はゆっくりと身を起こした。千代に背を向けて胡坐《あぐら》をかいた。

「幾人も人は殺すわ、女房は裏切るわ……そんな無茶苦茶してたら俺、どうなっちまうのかと思うと怖気てくる。そこは本音だよ」

千代が身を起こし、玄蔵の肩に手を置いた。

「ごめんね。私があおり過ぎた」

「誰の所為《せい》でもねェさ。俺がフラついてるだけなんだ」

玄蔵は優しく、千代の手に己が掌を重ねた。千代が玄蔵の背中にしな垂れかかってきて、「好き」と一言呟いた。

二十三日——その朝もほぼ同時刻に標的の行列はやってきた。障子を細く開き、窓の手摺《てすり》の陰から銃口をわずかに差し出した。一度静かに息を吐き、気砲を構え、慎重に照準する。

良庵と千代はすでに表に出て、見物の群衆に交っている。これは良庵自身の発案で、突発的な事態に備えるためだ。如何なる異変が出来《しゅつたい》するか分からない。臨機応変な行動が求められるから、機転の利くこの二人が最適任なのだ。

道の向こう側、見物人に交って千代の顔が見える。はすっぱで軽薄な笑顔だ。若い女が、幕府高官の登城姿を一目見ようと、沿道で待ち構えている姿を、千代は見事に演じきっていた。

一方の良庵はどこだろう。

(あ、いたいた)

千代のすぐ横だ。羽織袴姿の良庵が、商家の手代風《てだいふう》の男と話し込んでいる。

(ほう、良庵先生、着替えたな。往診途中の蘭方医《らんぽうい》って印象かな)

やがて、気砲を構える玄蔵の視界に、十文字の朱鞘《しゅざや》が見えてきた。久世伊勢守の行列に間違いない。今朝も久世は騎馬でやってきた。正面から見据えている玄蔵には、顔がひょこひょこと上下に揺れて見える。

「多羅尾様……」

玄蔵の傍らに立ち、障子の穴から覗いている多羅尾に声をかけた。

「なんだ？」

「久世の口が開かなかったら、頭を撃ち抜きますよ。いいんですね？」

「ああ、そうしてくれ」

と、頷いた多羅尾が、低い声で付け加えた。

「銃声こそせぬものの、頭を撃てば大騒ぎになる。お前は、手筈通り気砲を仙兵衛に渡し、裏口から逃走せよ」

「承知」

行列が近づく。かすかにポクポクと馬の蹄《ひづめ》の音さえ聞こえてきた。しかし、久世の口は真一文字に閉じられたままだ。

（糞ッ。今朝もダンマリかい……よし、頭を撃とう）

と、狙点を久世の眉間に合わせた刹那――

ド〜ン、ガラガラガラ。

右手奥、玄蔵からは見えない位置だが、何かが崩れたような、壊れたような轟音《ごうおん》が響いた。

久世の馬が嘶《いなな》いて、くつわを取る小者《こもの》の手を振り払い暴れ始めた。

「どうッ。どうッ。大丈夫じゃ。落ち着けい」

久世が叫んだ。大きく口を開けて叫んだ。

（……いけるぞ）

撃とうとして、引鉄に力を加え始めたが、すんでの所で思い止《とど》まった。

（待て待て……慌てるんじゃねェ）

玄蔵は自分で自分をたしなめた。

（馬を宥《なだ》めようとする久世は今、うつむき加減で叫んでいる。確かに口は開いちゃいるが、二階から狙うこの角度では、たとえ口の中に入ったとしても、弾は頭の方へは進まねェ。一発で殺せない可能性が出てくる）

即死でなければ、銃撃されたことが露見するだろう。わざわざ口の中に弾を入れる意味がない。見れば、馬の興奮はまだ収まっていない。大いに暴れている。機会はまだあるはずだ。

「撃てッ。なぜ撃たん！」

傍らの多羅尾が苛つき、小声で叱責《しっせき》した。

（やかましいわ！　黙って見とれ）

と、心中でほえながら黙って好機を待った。

くつわを摑もうとした奉公人の手を馬が嫌い、竿立《さおだ》ちになる。久世は突き上げられて落馬、地面に放《ほう》り出され「わッ」と悲鳴をあげた——大口を開けて。

（南無三）

玄蔵は引き絞るように、指に力を込めていった。そして発条《ばね》が限界に達した刹那、留め金具が緩んだ。

プシュ。

圧搾《あっさく》された強烈な空気が鉛弾を弾《はじ》き飛ばした。弾は十間（約十八メートル）を飛び、一寸（約三センチ）足らずの小さな隙間へと吸い込まれていく。トンと玄蔵の肩に、わずかな反動が戻ってきた。所謂「手応え」というやつだ。

（当たった）

大きく息を吐き、下を向いた。動悸《どうき》がしていた。己が拍動が直接耳に聞こえる。

「おい、当たったのか？」

多羅尾が早口で質した。気砲の発射音は多羅尾にも聞こえたが、それだけだ。血も出ていないし、着弾して体が揺れた様子もない。彼は現場指揮官として不安に駆られたようだ。

「だ、大丈夫……ちゃんと当たってます」

玄蔵は辛《かろ》うじて伝えた。胃がビクビクと痙攣《けいれん》し、猛烈な吐き気に襲われ、口を片手で押さえた。

(どうなってるんだ？　人を撃ったからか？　鈴ヶ森でも撃ったが、こんなことにはならなかったぞ)

しばらく悪戦苦闘し、辛うじて嘔吐《おうと》だけは抑え込んだ。


「殿ッ、殿ッ」

一方、通りでは大騒動になっていた。落馬した久世伊勢守がそのまま動かないのだ。目を見開き、口も開け、微動だにしない。家来らしき武士数名がとり囲み、抱き起こしたが、すでに意識はないようだ。

「おどきなさい。拙者は医者にござる」

と、進み出たのは、なんと良庵である。

「下がれ！」

二人の家来が良庵の前に立ちはだかった。

「拙者は医者だ。手当が遅れ、もし主が亡くなったら、すべて貴公らの所為にござるぞ。それでよいのか⁉」

「う……」

美男の医師から睨まれ、二人の家来は青褪《あおざ》め、絶句した。

「医者にぐらい診《み》せてやんなよ！　殿様が可哀《かわい》そうじゃないか。もし死んだら家来の所為だよ」

と、群衆の中から叫ぶのは、千代の声だ。

「そうだそうだ。医者に診せてやれ」

野次馬たちが美女の尻馬《しりうま》に乗り始めた。

「どかれよ！」

良庵は、困惑する家来たちを無理やり押し退《の》けるようにして進み、久世の傍《そば》に蹲《うずくま》った。早速に手首を持って脈をとり、心の臓の辺りに耳を押し付ける。やがて、難しい顔をして首を振り、見開かれたままの久世の瞼《まぶた》を掌で閉じさせた。

「頭立《かしらだ》つ方はどなたかな？」

良庵が家来たちを見回した。

「それがし、久世家で家宰《かさい》を務める小倉《おぐら》と申す。お見立ては如何に？」

「すでに心音も聴こえぬ。身罷《みまか》られておられまする。ざっと見ましたるところ、さしたる外傷もない。おそらくは落馬による衝撃で、頭の血の管が破れたものかと思われまする」

「所謂、卒中にござるか？」

「然様。口内に若干の出血が認められますが、ほぼ、卒中で間違いないかと……御愁傷様にござる」

良庵が合掌してみせると、囲んだ奉公人の間から嗚咽《おえつ》の声が漏れ始めた。多羅尾や鳥居によれば、極悪人のはずの久世伊勢守だが、意外にも奉公人たちからは慕われていたようだ。

煮売酒屋の二階では、部屋の隅にうずくまる玄蔵の傍らで、多羅尾が広小路での顛《てん》末《まつ》を見極めようと窺っていた。

「どうやら、慌てて逃げ出す必要もなさそうだな」

障子の穴から目を離さずに、多羅尾が呟いた。

「良庵と千代が、上手く立ち回ってくれたみたいだ。ただな……」

ここで多羅尾は障子から目を離し、自分に背中を向けて座り、肩を激しく上下させている玄蔵に向き直った。

「この場はいいとしても、いずれ町方が出張ってくるだろう。近所への聞き込みも始まろう。玄蔵、お前は手筈通りにこの場から退去せよ」

「わ、分かりました」

うめきながら答えた。

「おい、仙兵衛」

多羅尾が小声で呼ぶと、音もなく背後の襖が開き、小人目付が入ってきた。仙兵衛は、玄蔵の異変に気づいていたようだが、それでも表情を殺し、玄蔵から気砲を受け取った。

玄蔵は、仙兵衛に気砲を渡してから多羅尾に一礼し、階段を下りかけた。

「玄蔵」

「はい？」

足を止め、多羅尾に振り返った。

「見事な狙撃であった。お前は仕事を完璧《かんぺき》にこなした。事後に気分が悪くなったことは忘れろ。次からはどうということもなくなるさ」

「……」

返すべき上手い言葉も思い浮かばず、黙って頭を下げた。

「行け」

「はッ」

階段を下りるとき、少し足がふらついた。

六

その日の午後には、江戸南町奉行所にも、登城の途中で死亡した御大身《ごたいしん》の話はもたらされた。時は、朝の四つ（午前十時頃）を過ぎた頃。所は、庶民で賑《にぎ》わう下谷広小路の雑踏の中だ。お供の衆が駆け寄ったときには、口から血を流し、すでに絶命していたそうな。

「衆目の面前でかい？」

南町奉行所定町廻方同心の本多圭吾が、同僚同心の大久保宗右衛門《おおくぼそうえもん》に質した。

「おうよ。上野から外神田界隈は、その話で持ち切りだとさ」

「御大身としたことが、不面目なことだ。落馬で首の骨でも折ったのかな？」

御大身とは、おおよそ知行三千石以上の旗本を指す。

「たまさか蘭方医が居合わせてな。落馬の衝撃で頭の血の管が破けたのだろうと診立てたそうな」

「落馬したのか？」

「おう。大八車に積んだ漬物の樽《たる》が崩れ、その音に驚いた馬が暴れたみたいだな」

「血の管がねェ……ま、卒中だわな」

「ああ、死因は卒中だ」

圭吾と宗右衛門は幼馴染《おさななじみ》である。生まれ育った八丁堀の組屋敷が近所で、ガキの頃から兄弟同然に付き合ってきた仲だ。

「それ……落馬の衝撃で頭の血の管なんぞ破れるものなのかい？」

「蘭方医は手前ェで腑分《ふわ》けをやるし、矢鱈《やたら》と体の中の構造に詳しいからなァ。奴らがそう言うなら、そういうこともあるんじゃねェのかい」

「ふ～ん。なんかしっくりと来ねェなァ」

圭吾が首をひねった。

「知らねェよ。俺も又聞きだァ」

三月の月番は北町奉行所だから、南町奉行所としては出しゃ張ることははばかられた。捜査権限がないわけではないのだが、月番奉行所への遠慮がある。情報は、出入りの小者や御用聞きから仄聞《そくぶん》するしかない。

「でもよォ宗右衛門……頭の血の管が破れて、どうして口から血を流す？」

「流さねェか？」

「俺、今まで卒中で死んだ爺《じじ》ィや婆《ばば》ァの遺体を数十体も検視したが、口から血を流してた例《ためし》なんぞ一度もねェぞ」

「もう一ヶ所、別の場所が破れたのかも知れねェ。腹の中の血の管が別途に破れたんだろ。落馬の衝撃でよ」

「頭と腹と二ヶ所もかい？」

「大体よォ」

圭吾のしつこさに辟易《へきえき》した宗右衛門が不満げに続けた。

「医者が卒中だと言ってるんだから、卒中でいいじゃねェか。お前ェは詮索好きでいけねェや」

そう言われて、腹の中では「町同心が詮索好きでなくてどうする」と反駁《はんばく》したが、表面上は冗談めかして「ふん、うるせェや」とだけ返しておいた。宗右衛門はいい奴だが、仕事熱心な性質《たち》ではない。大過なく町同心を務めあげ、溺愛している長男に家を譲って楽隠居するのを、人生最大の目標に掲げていた。

幾代にも亘《わた》り、町奉行所の役人として民生と関わっていると、江戸の町や町人文化への理解と愛着が深まり、人脈も豊かになる。その一方で、長く八丁堀に住み、無自覚に奉行所へ通うことで、仕事にも身分にも倦み、役目への情熱を失う者や御座成りに仕事をこなす者が多くなるのも成り行きであった。

（ま、宗右衛門には宗右衛門の生き方があるからなァ。俺の方でとやかく言うことじゃねェわ）

と、分別した。

死んだ御大身は久世伊勢守広正《ひろまさ》。堺《さかい》奉行、大坂町奉行、長崎奉行などを歴任し、今は御三卿《ごさんきょう》田安《たやす》家の家老職を務めていたそうな。享年三十八。

「ほう、結構な出来物《できぶつ》だったってわけか」

宗右衛門の説明に、圭吾は目を見張った。

遠国《おんごく》奉行の中でも、大坂町奉行や長崎奉行の歴任は、旗本の出世街道である。年齢もまだ四十前なので、勘定奉行や江戸町奉行へと上り詰める日も、遠くなかったのではあるまいか。

「おい……宗右衛門、久世様は田安様の御家老だったのかい？」

ふと思い当たり、圭吾が質した。

「そうだよ」

「田安家と言えば、確か越前守様《えちぜんのかみさま》（水野忠邦）の反目に回っておられるんだよな」

「うん。田安の御隠居様は、御老中（水野忠邦）のやることなすこと、すべてに大反対だそうな」

御三卿田安家の隠居――徳川斉匡《とくがわなりまさ》は、薨去《こうきょ》した先代徳川家斉の実弟で今年六十三歳になる。家斉とは兄弟仲がよく、むしろ当代の家慶と（叔父と甥《おい》の間柄ながら）反りが合わない。

「御老中のケツ持ちが公方《くぼう》様（家慶）だからよ。自然と田安様は敵側に回るんだろうさ。親戚《しんせき》内の諍《いさか》いではよくあるこった」

宗右衛門が興味なさそうに呟いた。ま、甥（家慶）が憎ければ、その子分（水野）もまた憎いという構図なのだろう。

さらに老中水野は、この五月にも家慶の名義で「幕政改革の上意」を発布する腹積もりである。後年「天保の改革」と呼ばれることになる大改革だ。その内容は質素倹約を旨とし、家斉期の積極財政を放漫財政と頭から否定するものだから、当然、先代将軍の取り巻きたちは反発を募らせているのだ。現在「上意を出す、出さぬ」で幕府上層部は政争の坩堝《るつぼ》と化している。

「今朝変死したのは、渦中の田安様の御家老だぜ……しかも出世街道を突っ走る切れ者ときている。これって、時期的にどうだ？」

圭吾が、幼馴染を下から睨み上げた。口元には笑みをたたえているが、猟犬のように鋭い目つきだ。

「どうって……ただの偶然だろ」

「本当に偶然か？」

「なにが言いたい？」

「ま、お支配違いでどうしようもねェが、俺なら久世の亡骸《なきがら》を、もう一度詳しく検視するね」

「おい圭吾」

ここで宗右衛門の顔色が変わった。

「お前ェ、柳営内の揉《も》め事に首突っ込む気なら、今の内に俺ァ、お前ェとの縁を切らせてもらうぜ？」

「まさか、首なんぞ突っ込みやしねェさ。よせやい。ハハハ」

と、圭吾は笑って誤魔化そうとしたが、宗右衛門は真顔のままだった。

「ハッキリ言っとくぞ。公方様や幕閣のいざこざなんぞ、俺ら町方にはこれっぽっちも関係のねェ話だ。卒中で逝《い》ったお偉いさんのことなんざ、今を限りに忘れちまえ。

いいな?」

「お、おう」

親友から睨まれ、仕方なく頷いた。

だがこのことは、圭吾ら町方にも強《あな》ち無関係とはいかなかったようである。数日後、圭吾たちの上役である江戸南町奉行の矢部定謙が急遽罷免《きゆうきよひめん》されたのだ。

「自分は越前守(水野忠邦)様から大層嫌われておる。どうやら次の移動で左遷されるらしい」

と、以前から矢部自身が言っていたことだが、こんなに急だとは驚きだ。代わりに目付の鳥居耀蔵が南町奉行職に昇格すると聞いた。

(鳥居耀蔵ってのは、越前守様の懐刀《ふところがたな》だと矢部様は仰っていた。宗右衛門が何と言おうが、キナ臭ェこと夥《おびただ》しいわ)

論より証拠で、圭吾は着任早々の新奉行から呼び出しを受けた。

「本多圭吾、参りましてございまする」

と、庭に面した広縁に平伏した。

「うん」

鳥居はちらと圭吾を窺った後、そのまま文机上で執務を続けた。痩せ型の四十過ぎの武士だ。

圭吾は仕方なくそのまま控えていた。事務を手伝い、書類などを渡していた内与力らしき武士が圭吾を見て、笑顔で言葉をかけて来た。

「しばらく待たれよ」

「ははッ」

再度平伏した。

内与力は基本、旗本家の家臣である。ただ、当主が町奉行の職にある期間のみ、奉行所に与力として奉職するのだ。代々奉行所に勤める与力衆や同心衆と、ある日突然赴任してくる町奉行の間に立ち、緩衝材となることが期待されている。この内与力も、待たされた同心が、彼の主である町奉行に反感を抱かぬよう、気を配り、笑顔を振りまいているようだ。

圭吾は手持無沙汰《ぶさた》となり、仕方なく庭を眺めることにした。

天保十二年の旧暦三月二十五日は、新暦に直すと五月の十五日に当たる。そろそろツツジの花が終わり、代わってサツキが花をつけ始めていた。奉行役宅の広大な庭には、幾棟か二階建ての土蔵が立っており、その軒下に燕が営巣しているようだ。よく手入れのされた庭木の間を、盛んに飛び交っている。やはりこの季節は、何処《いずこ》も燕らしい。

「お前、手先を方々に差し遣わしておるそうだのう」

書類から目を離すことなく、鳥居が質した。

「はッ」

「目的は何か？」

「この閏一月二十日、鈴ヶ森の刑場にて……」

と、ことの顚末を手短に伝えた。

「もしや腕利きの猟師が狙撃の咎人《とがにん》ではないかと、目星を付けましてございます」

鳥居が事務の手を止め、圭吾を見た。

「何故、猟師なのか？」

「なにせ一町半（約百六十四メートル）を射抜きましたので、並の腕ではないと考えました」

「なるほど。お前、その射手の顔を見たのか？」

「いえ、なにせ一町半も離れておりましたもので」

「では、見ておらんのだな？」

「はい」

「たとえ会っても分からんのだな?」

鳥居は少し身を乗り出し、厳しい目つきで睨んできた。

「御意ッ。残念ながら……ただ、得物として狭間筒を使ったこと。十二文(約二十九センチ)もの特大の足跡が残されておりましたゆえ、それを手掛りに……」

「十二文の足跡とな?」

「然様にございます」

「で、大男の鉄砲撃ちはおったのか?」

「いえ、目星を付けました鉄砲名人の三名の内二人は小柄で、一人は、ま、そこそこの大柄……」

「そこそこの大柄は誰か? 如何ほどの背格好か?」

「丹沢の玄蔵と申しま……」

「ゴホンムホン」

急に鳥居が噎《む》せ出し、圭吾は驚いて口を閉ざした。

「済まぬ。続けよ。丹沢の猟師がどうだと申すのか」

「玄蔵の身の丈は、五尺五寸(約百六十五センチ)ほど」

「ふん。五尺五寸で十二文はあるまい。その者は違うな。吟味対象から外せ」

「お言葉ですが……大男が射手であったとは限りませぬ。射手の補助者であった可能性もございます」

鳥居は返事をせず、執務を続けようとしたが、やがてこちらを向いた。

「ならば早速に捕縛し、問い質してみればよいではないか？」

「それが……」

圭吾は声を潜め、身を乗り出した。自然、鳥居も前屈みになる。

「丹沢の玄蔵、逐電致し、行方が掴めませぬ。女房子供もおったやに聞いておりますが、家はもぬけの殻でして」

「ほう」

「この男、怪しいと思っておりまする」

鳥居が急に押し黙った。冷たい眼差《まなざ》しで圭吾を見つめている。なにかを思案しているように見える。

「な、本多よ……」

鳥居の顔が、突然柔和になった。

「瓦版《よみうり》がな」

地は嫌味で尊大な顔のままなのだが、精一杯に無理をして笑顔を見せようとしている。これが悪党の吟味だったら、圭吾は即座に「こやつ出鱈目《でたらめ》を言うつもりだな」と見抜いたところだ。配下の者に出鱈目を平気で言う――嫌な上司である。圭吾としては、前任者の矢部定謙の方がよほど仕え易いと感じていた。

「鈴ヶ森刑場の一件を、天晴れな『仇討《あだう》ち』として取り上げたのを存じておるか？」

「はい」

「惨殺された呉服屋夫婦の縁者が、秘密裡に鉄砲撃ちを雇い、意趣返しをした……そのような論調であるな」

「ほう」

「江戸庶民は美談として熱狂しておる。その間の経緯は定町廻同心ならば、その方も、よく存じておろう」

「いささかは」

「要は、庶民の夢を壊すなと申しておるのじゃ。分かるか」

「夢にございまするか？」

「然様、夢じゃ。不義に対して正義が行われることで庶民は溜飲《りゅういん》を下げる。また明日も頑張ろうという気になれるのよ」

「つまり……探索は止めよと？」

「そうじゃ」

仇討ちの美談云々で一時期江戸の町が盛り上がったのは事実だが、それもわずかな期間で、今はもう誰もが忘れている。それを「庶民の夢を壊すな」とは、随分な無理筋だと感じた。

「では、このように致しては如何？　探索はこのまま続けます。本星の目途がたった段階で、お奉行様の御指示を仰ぎまする。勝手に公表したり、捕縛したりは致しませぬ。如何でしょうか？」

鳥居はしばらく圭吾を睨んでいたが、やがて吐き捨てるように言った。

「分かった。お前の思う通りに致せ。下がってよし」

「……失礼致しまする」

と、平伏して新奉行の前から退去した。背中に汗がにじんでいたのは、気候の所為ばかりではない。今の面談で、鳥居から「生意気な奴」と目をつけられたのは間違いあるまい。着任早々の町奉行に嫌われてしまった。

同心詰所に向かって歩きながら、圭吾は新しい上司について考えていた。

（ただ、今のは完全に圧力だったよなァ。水野忠邦一派の鳥居耀蔵が、鉄砲名人の探索に待ったをかけてきた。同時に、反水野一派の田安家家老職が変死かよ……なんぞ

キナ臭い風が吹いているのは確かだ）

ふと足を止めた。周囲を見回したが、廊下に人影はない。その場でしばし考えた。

（鳥居の野郎が、一番の無理筋をねじ込んできたのは、丹沢の玄蔵の件だ。身の丈が少し不足だからって、いきなり「吟味対象から外せ」はねェだろ。心底もろばれだわ。へへへ、鳥居は俺に、丹沢の玄蔵をほじくられたくねェんだわ。駄目と言われれば尚《なお》、ほじくりたくなるのが人情ってもんだわなァ。どうせ嫌われたんだ。とことんほじくってやろうじゃねェか）

圭吾は、もう一度、助松の手下を丹沢に派遣することに決めた。できれば、腕利きの絵師を同道させ、鉄砲名人の玄蔵の似顔絵を描《か》かせたいものだ。

（以前、小伝馬町の牢《ろう》屋敷に似顔絵が滅法うまい破落戸がいたな。人となりを聞いただけで、瓜《うり》二つの似顔絵に仕上げるんだ。確か、千波開源とか言ったが……）

人気のない暗い廊下で南町奉行所随一の猟犬が思案顔をして、頬を指先で掻いた。

七

渋谷村にある松濤屋敷の庭にも初夏は訪れていた。

ツツジが咲き終えるのを待っていたかのように、サツキが薄紫の花をつけ始めている。その八分ほどにも咲いたサツキの花を、千波開源が写生していた。大きな体を折り曲げて、淡い花の香を楽しみながら熱心に描く。

「花の匂《にお》いと絵に、なんぞ関係でもあるのでござるか？」

開源の背後に立ち、写生を見物していた是枝良庵が、もどかしげに訊ねた。

「そら、あるさ。大ありだわな」

開源が、良庵に振り向いて目を剝いた。

「でも、匂いに色や形があるのでござるか？」

「そ、そりゃよォ……あれだわな」

「どれでござるか？」

「え〜っと……」

あまり賢い性質《たち》でない開源である。返答に困ったようだが、やがて考えることに苛ついて声を荒らげた。

「あると思えばあるんだよ。ねェと思えばねェんだわ」

「あ、然様でござるか」

大男の剣幕に怯《おび》えたか、美男の秀才が追及の矛を収めた。

池の畔《ほとり》の隠居屋では、玄蔵が以前の通り、千代と二人で暮らしている。相変わらず闔は別々だ。

「ね、千代さん」

「はい？」

例によって板の間の囲炉裏の傍で、二人して寛《くつろ》いでいた。玄蔵は、庭で開源と良庵がやり合っているのをぼんやりと眺め、千代は繕い物に精を出している。人を殺すために集った仲間たち、束《つか》の間《ま》の休息だ。

「もう一ヶ月《ひとつき》以上も経ちましたね」

「なにがです？」

「その……隣屋敷の女房子供に会いたい」

「ああ、それね」

千代は、作業の手を止めることなく頷いた。

「でも、お止めになった方がいいと思います」

千代が拒絶した。

「なぜ？」

「なぜでも」

——取り付く島がない。

（なぜでも、ってこたァねェだろう……ガキ同士の会話じゃねェんだ）

千代の言葉に少しだけ苛ついた。

「あんたそれ、悋気《りんき》じゃねェのかい？」

「悋気？」

千代が針仕事の手を止め、顔を上げて怪訝《けげん》そうに玄蔵を見た。

「そうだよ。俺があんたを抱かねェもんだから、女房に会わせたくねェんだ。俺に意地悪をしてるんだ」

千代は小首を傾《かし》げ、ポカンと口を開けて玄蔵を見つめていたが、やがて視線を落とし、繕い物を再開した。

「あまり、自惚《うぬぼ》れない方がいいですよ。馬鹿みたいだから」

「ば……」

一昨日《おととい》、玄蔵は見事に初仕事を成功させた。彼が久世伊勢守の口の中に撃ち込み、おそらくは脳にまで達したであろう鉛弾が発見されることはなかった。現状、奉行所でも、久世家でも「久世は卒中死」と見なされているそうだ。玄蔵とは反りの合わない多羅尾をして「見事な狙撃」「完璧な仕事」と言わしめたほどだ。

ただその直後、玄蔵は体調を崩した。激しく胃が痙攣し、朝に食った飯をすべて吐き戻す寸前だったのだ。玄蔵には重たくのしかかっている事実だ。あれから二度の夜を過ごしたが、寝つきが悪く、酷《ひど》く寝汗をかくようになった。久世を射殺したことの影響であることは間違いない。久世を撃つまで玄蔵はむしろ、「人殺しを楽しむ卑劣漢なのでは」と自分で自分を薄気味悪く感じていたのである。ただその理屈なら、久世を殺した後には大きな快感が訪れてもいいはずだ。ところが結果は正反対。危うく嘔吐するところだったのである。

(どうなってるんだ？　俺、壊れちまったのかなァ)

玄蔵としては、家族に会うことで、心の平安を得たかったし、妻の希和と「罪の意識」について話し合ってみたかった。

「せめて、駄目な理由《わけ》を聞かせてくれ。『なぜでも』じゃなくてさ」

「お話ししてもよいですが、玄蔵さんには、かなり辛い話になりますよ？」

「なんでも言ってくれ。知らないで悶々《もんもん》とするより、知って苦しむ方が相手が見えてるだけまだましだ」

襲いかかってくる熊よりも、藪《やぶ》の中に隠れている熊の方が、ある意味危険なのだ。

「なるほど……」

千代は、縫い物を脇《わき》に置き、背筋を伸ばし、真《ま》っ直《す》ぐに玄蔵の目を見た。なかなか厳しい目だ。玄蔵も千代に正対し、姿勢を正して睨み返した。

「では、申し上げます。お心の変化が、お顔に出ておられます」

「どういう風に？」

「殺伐として、表情に険がある」

「え……」

「眉が吊《つ》り上がったとか、眉間にしわが寄っているとか、表面上のことではございません。もっと内面から醸しだされるような……怒り？　恐怖？」

「怒りと恐怖……」

「そりゃいいや。ガハハハ、ハハ」

遠くの庭から、開源と良庵が冗談を言い合って笑う声が流れてきた。かまわず千代は話を続けた。

「玄蔵さんの変貌《へんぼう》振りを見て、お子様方は怖《おそ》れ、奥様は御心配を募らせることでしょう。なにがあったのかを問われて、正直に答えられるのですか？　それが出来ないなら、今は会わない方がいいと申し上げているのです」

事実「なにをしているのか」と、希和から一ヶ月《ひとつき》前にも訊かれた。

「俺の面に険が出たのは……人を撃ったからかな？」

「そこまでは分かりません。ただ、表情がお変わりになったのは事実です。嘘は申しておりません」

千代によれば、猟師という仕事柄か、元々玄蔵は「厳しい」顔をしていたそうな。しかし、それは求道者に特有の「道を究めるが故の厳しさ」であり、怒りや、悲しみ怖れなど負の感情が顔に出る「険」とはまた違ったものと感じていたらしい。

「な、なるほどね」

玄蔵は、しばらく黙り込んだ。

「つまり、今の俺はあまりいい状態ではないんですね？」

「そう思います」

「で、この先、俺はどうしたらいい？」

今度は、千代の方が黙り込んだが、やがて——

「忍渡世《しのびとせい》は五里霧中《ごりむちゆう》とか申します」

ここで千代は、艶然《えんぜん》と笑窪《えくぼ》を見せて笑った。

「先の事なんぞ、なかなか読めるものではございません。己が足元だけを見つめ、その日その刹那に、最も正しいと思われる道を歩むのみにございまする」

「今の俺の足元には、『人撃ち』の……や、『人殺し』の三文字が見えるだけだよ」

玄蔵が肩を落とし、嘆息を漏らした。

「『人撃ち』でも『人殺し』でも構いませんが、その三文字の背後には、御家族への無限の慈しみが感じられます。迷わずお進み下さい。どうせ明日は、向こうからやってくるのですからね」

と、千代がまたかすかに微笑んだ。

徒目付の多羅尾官兵衛が、小人目付の中尾仙兵衛を連れて、池の畔の隠居屋へと駆け込んできた。

「おい玄蔵、皆を集めろ」

多羅尾の目が血走っている。尋常ならざる事態が起ったようだ。

早速、玄蔵以下の仲間たちが囲炉裏端に参集した。

「例の南の町同心な。奴め、色々と嗅《か》ぎまわっておるそうな」

「平戸屋に現れたことは、お伝えしたでござろう」

本多圭吾は、平戸屋で長射程の火縄銃（狭間筒）について細々と訊ねたらしい。

「奴の探索は、今もさらに進んでおる」

多羅尾が玄蔵を指さした。

「丹沢の玄蔵という鉄砲名人の名も、奴の帳面にはすでに載っておるようじゃ」

「なんで、俺の名が？」

玄蔵が小声でうめき、掌で己が顔をペロンと撫《な》でた。

「ただ、鈴ヶ森ではお前の面は見ておらんようだ。会っても分からないと自分で言っておるそうな」

「それは、ま、ようございました」

次に多羅尾は、開源を指さした。

「さらに奴は、十二文（約二十九センチ）の足を持つ、大男の存在も摑んでおる」

「ど、どうして、そんなことが分かったんだろうか」

開源が天井を仰いだ。

「十二文とかいうからには足跡でござろう。おそらく、鈴ヶ森の現場を調べたのでござろうよ。足跡を消し忘れた我らの手落ちにござる」

「足跡か……」

開源が厳《いか》つい肩を落とし、嘆息を漏らした。

「狭間筒、丹沢の玄蔵、十二文の大男の存在……短期間にこれだけ調べられたからには、奴め、早晩この屋敷をも嗅ぎつけるであろう」

本多圭吾という同心が、強敵であることは疑うべくもなかった。

「本多の口を封じるしかあるまい」

多羅尾が結論を述べ、玄蔵を見た。仲間たちの視線も玄蔵に集中した。

「駄目だ。俺は嫌だよ。撃ちませんよ」

多羅尾の次の言葉を読んだ玄蔵が、先手を打って拒絶した。

「お前、町奉行所に捕まりたいのか？」

「俺が撃つのは悪人が十人だけだ。そのうちの一人は、もう一昨日撃った。残りは九人。そういう約定です」

「出しゃ張り同心の存在など想定外だったからな。事情が変わったのだ」

「そんなことは俺の知ったことじゃねェ。俺は残り九人をちゃんと撃ちます。その後は女房子供を連れて丹沢の家に帰り、江戸でのことはすべて忘れるつもりです」

「………」

千代がチラと玄蔵を睨んだ。恨みがましい女の目だ。

「それはそれで、悪くない了見だな。お前は長生きできるよ」

と、多羅尾が腕を組んで瞑目した。

「大体、あんた、前にも言ってたじゃねェか、同心の口封じをするなら自分たちでやるって」

「……」

多羅尾は答えず、一座に沈黙が流れた。

「ま、いい。この件については、明日また話し合おう。ワシの一存では判断しかねる事柄もある。本日は以上だ」

多羅尾が席を立った。

八

ガラと襖を開け、裃姿の鳥居耀蔵がせわしなく入ってきた。

腰の大刀を鞘のまま抜きとり、壁の刀掛けに置くと、部屋の中央に端座して咳払い《せきばら》を一つ――

「待たせたな」

と、部屋の隅で平伏する、やはり裃姿の多羅尾官兵衛に一声かけた。

ここは江戸城本丸御殿、納戸口を入ってすぐのところにある所謂下部屋《したべや》である。納戸口は、老中以下の幕府要人が出入りする通用口だ。新任の江戸南町奉行である鳥居も、この納戸口を通り、殿席《でんせき》（待機所）として指定された芙蓉之間《ふようのま》へと向かうことになる。

下部屋は、幕閣が玄関で身支度（大刀を外したり、足袋《たび》や油紙の外套《がいとう》を脱いだり）を整える言わば更衣室だ。身分は低くとも、多羅尾は歴とした幕府徒目付である。元上役の鳥居に面談するのに、なにも更衣室で待たなくともよさそうなものだが、今日に限っては、話の内容が内容だけに、敢《あ》えて人目につき難い下部屋を選んだ次第であった。

「御免」

と、会釈してから、膝で鳥居ににじり寄った。耳元で囁く。

「南町の本多圭吾の件にございまするが、玄蔵の奴が『話が違う』と臍《へそ》を曲げてございます」

「本多を撃たぬと申すのか？」

「御意ッ」

「お前、それで癇癪《かんしゃく》を起したのであろう？」

「いいえ。お言葉の通り、その場では脅《おど》したり賺《すか》したりはせずに、持ち帰って参りました。鳥居様の御意向を伺った上で、明日にでもまた申し伝えまする」

「うん、それでよい。あの男に脅しは、多分効かんだろう」

玄蔵は、妻が手に持った蜜柑を撃ち抜き、一町半を隔てて少年の眉間に命中させ、今度は標的の口の中へと、注文通りに弾丸を撃ち込んだ。

「奴は三度までも完璧に成し遂げた。どれも常人には敵《かな》わぬ難事を、いとも容易《たやす》くな。使い捨てにするには惜しい腕と度胸じゃ」

「御意ッ」

「さて、どうするかな」

「いっそ本多圭吾は、玄蔵を使うことなく、我らの手で始末致しましょうか？」

「それもよいが……」

鳥居はしばらく考えていたが、やがて膝をポンと打った。

「どうであろう、玄蔵に取引を持ちかけるというのは」

「取引にございまするか」

「耳を貸せ」

薄暗い下部屋の中、悪巧みが密《ひそ》かに進行し始めた。


ホトホト、ホトホト。

数日後の夜遅く、池の畔の隠居屋の雨戸を叩く者があった。

「誰だい？」

なにせ深夜の訪問者である。隠居屋は、母屋から半町（約五十五メートル）も離れた一軒家だ。男である玄蔵が、一尺（約三十センチ）余の薪《まき》を手に、雨戸越しに応対した。女ではあっても、凄腕女忍《すごうでくのいち》の千代に限っては心配無用なのだろうが、一応は男の沽券《こけん》ということもあり、玄蔵が前に出た次第である。

「ワシだ。多羅尾だ」

「あ、お待ち下さい」

慌てて雨戸の留具を外した。

徒目付は囲炉裏端に座ると、玄蔵に取引話を持ちかけてきた。

「残りの九人は確かに撃つ……お前、そこはよいのだな？」

「約定でございますからね」

千代は席を外そうとしたが、玄蔵が希望して囲炉裏端に残って貰った。多羅尾がこんな夜中にやってくるのは初めてのことだ。なんとなく心細く、せめて千代にでもその場にいてもらいたかった。もっとも、イザとなったら彼女は、玄蔵の味方になってくれるとは限らない。

「ワシの方から提案なのだがな。今後九人撃つところを、一人で済ますというのはどうだろうか？」

「撃つのは、一人でいいんですかい？」

「然様だ。たった一人を撃てば女房子供の元に帰してやる。お前にとって悪い話ではあるまい」

「そりゃ有難いけど、なにか裏がありそうだ」

玄蔵は、油断なく多羅尾の目を覗き込んだ。

「まあな。裏もなくはない。撃つのは……例の南町奉行所同心、本多圭吾だ」

「や、駄目ですよ。あいつは悪人じゃないから」

思わず声が上ずった。

「悪人を撃つ」「悪人だから撃つ」との大義名分が外れれば、ただの人殺しに堕《お》ちるのではないか。ただでさえ、体調不良、表情の変化——乃至は劣化に悩んでいるのだ。たとえ撃った標的が本当に極悪人なのか、玄蔵には確かめようがないにしても、せめて多羅尾たちの言葉を信じて撃ちたく思っている。先日の久世伊勢守などは実直そうな人物で、家来たちからも大層慕われていたようだ。ただ、自分は「撃つのは極悪人」と信じて撃ちたい。そうでもないと良心の呵責《かしゃく》に押しつぶされて引鉄を引けなくなる恐れがある。

「悪人の味方をする奴もまた悪人であろうが、違うか」

「本多が俺らを追ってるのは、誰に味方しようってんじゃない。手前ェの役目を律義に果たそうとしてるだけですよ」

「事実として本多は我らの邪魔になっている。そうとは知らずに悪の側に立っているのだ。悪気がなくとも、人を殺せば人殺しだろうよ」

「それは……」

よく分からなくなってきた。助けを求めて千代を見たが、露骨に視線を外された。

（まったく千代さん……いざとなったら冷たいんだから）

「ま、ワシの計画を聞くだけ聞いてみてくれ」

多羅尾が図面を拡げ、説明し始めた。

八丁堀の組屋敷街と霊岸島の倉庫群の間に水路（亀島川）が流れている絵図だ。本多圭吾の屋敷と思《おぼ》しき場所に朱点がふってある。亀島川と細い堀割に切り取られた角地だ。発砲位置らしい水路を隔てた倉庫街にも朱点が見える。

（なるほどね）

玄蔵には大体の想像がついた。

多羅尾が説明を始めた。

「この朱点と朱点の間の距離は、ほぼ一町（約百九メートル）ある。お前の腕なら容易い距離だろう。狭間筒を使うもよし、馴染んだゲベール銃で狙うもよし。そこはお前次第だ」

「断然、ゲベール銃を使います。後は、水辺だから風が心配です。狙撃の時間はおおよそ何時頃です？」

同心衆が奉行所に出勤するのは、久世と同じで、やはり四つ（午前十時頃）頃だという。

「四つなら、海風も治まってるでしょう。条件は悪くない」

早朝には海から陸に向かって海風が吹き、夜には陸から海に向かって陸風が吹く。

「本多が組屋敷の木戸から出てきたところを、亀島川を隔てて倉庫の屋根から狙って撃つのだ」

「屋根から？　盛大に銃声がしますよ」

「今回の場合は、むしろ銃声が轟《とどろ》いた方が好都合なのだ」

「なんでです？　意味が分からねェ」

さすがに苛ついた。狙撃と悟られぬようわざわざ気砲を入手し、さらには「口の中に弾を入れろ」と命じられた次には、わざと銃声を轟かせろと言う。

「ま、最後まで聞きなよ」

狙撃を終えた玄蔵は、そのまま霊岸島内を走り、島を横断する水路（新川《しんかわ》）に出る。そこに逃走用の猪牙舟を待たせているそうな。

「猪牙舟には、赤い小旗を舳先《へさき》につけておくことにしよう。黙って乗り込めば、舟は漕《こ》ぎ出て新川を下り、大川に至る。どうだ、やれそうか？」

「今までの仕事に比べれば、やり易くはあるけど……」

女房が手に持った蜜柑を撃つわけでもないし、一町の距離なら丹沢ではほぼ外さなかった。人の口に弾を入れろとの無理難題も課せられていない。総じてやり易い仕事だ。ただ、納得がいかないのは――

「どうして屋根の上で撃つんですか？　それに、なんであんな同心に拘るのか分からない。さっきのお話では、残りの九人は撃たなくていいんでしょ。そこまでの価値があの下っ端同心にあるとも思えねェが」

「それが、あるんだよ」

と、多羅尾がニヤリと笑った。

出勤する奉行所同心が狙撃されて横死する。わざと青天井の下で発砲するから、銃声が昼日中《ひるひなか》の江戸の町に響き渡る。嫌でも耳目が集まるだろう。そこが狙いだ。奉行所は威信をかけて捜査せざるを得なくなる。そして同僚たちは、亡き本多の組屋敷内で、ある悪党一味の不正にまつわる夥しい数の捜査資料を発見するのだ。

「その資料は、前もってワシの配下たちが本多家の物置に隠しておく」

「悪どいねェ」

狙撃されることは免れる九人だが、醜聞により事実上政治力を失うことになり、これ以上の悪事は働けなくなると多羅尾は説明した。

「ワシらの本懐は復讐や懲罰ではない。残る九人の悪党どもが無力化すればそれでいいのだからな」

「本多の捜査資料を見つけた奉行所のお役人が、それを隠蔽《いんぺい》し、握りつぶす恐れはないんですか？」

「それはない」

「どうして断言できます？」

「後数日待てば四月に入る。四月の月番は南町奉行所だ。本多の組屋敷を捜査するのも南の役人となる。で、現在の南町奉行は誰か？　我らが鳥居耀蔵様なんだよ」

「な、なるほど」

すべては周到に計画が練られているようだ。

「話は分かりました。ただ、やはり本多自身は直接悪事を働いているわけじゃねェ。

その本多を撃つのだけが引っかかりますね」

「嫌か？」

「そりゃ、嫌ですよ」

「よろしいですか？」

黙って聞いていた千代が介入した。

「ね、玄蔵さん。考え様ではないでしょうか。一人を撃てば、九人の命は助かるのです。勘定が合いませんか？」

「俺は、ことの真相を知らないが……」

玄蔵が千代に反論した。

「多羅尾様のお言葉を信じる限り、九人は殺されるだけのことはやってる悪人でしょう。自業自得だ。でも本多は違う。本多を殺すのは世直しじゃない。ただの人殺しですよ」

「本多の死は世直しに繋がる。本多を撃つことは世直しの一環と言える」

多羅尾が話を引き取り、さらに続けた。

「本多には、十二歳になる長男がおる。当然に家は継げるし、御政道の歪《ゆが》みを正そうとして非業に死んだ父の名誉をも彼は受け継ぐ。思わぬ出世をするやも知れんぞ。命を賭《と》した本多の栄誉は未来永劫《えいごう》、連綿と連なっていくのだ。お前ら庶民には分からんかも知れんが、それが武家というものだ」

しがない猟師の玄蔵にも倅がいる。連綿とつらなる血筋や家の連環について、考え考えないこともない。

「一人を殺すことで九人を生かし、本多家に末永い繁栄をもたらす……そうは考えられんか、玄蔵？」

「…………」

多羅尾と千代の目が、玄蔵に注がれていた。

（俺は妻子持ちだ。女房子供と手前ェのことだけ考えとけばいい。本多なんて野郎は話したこともねェ赤の他人よ。義理はねェんだ。本多一人殺せば、九人は撃たずに済む。そうだとも、本多に義理はねェんだ）

玄蔵は決心を固めた。

終章　心の陰り、体の異変

霊岸島は、大川（隅田川）河口の中州《なかす》である。

ざっくり五町（約五百四十五メートル）四方の方形で、日本橋川、亀島川、大川に囲まれ、中央部を河村瑞賢《かわむらずいけん》が掘削した新川が貫流していた。北方の箱崎島《はこざきしま》に架る永代《えいたい》橋《ばし》までは大川にも十分な水深があり、大型船も入るので、霊岸島南端の一帯は、江戸湊《みなと》と呼ばれ、酒や瀬戸物、俵物の集積地として知られていた。

当然、蔵（倉庫）が多い。

「こちらでござる」

夜、良庵に連れられて、亀島川沿いの霊岸島富島町《とみしまちょう》にある酒問屋の蔵に入った。対岸には、八丁堀の組屋敷街が黒々と静まっている。

「ああ、これなら一町（約百九メートル）もねェわ」

今宵《こよい》は新月で夜空に月はない。星明りで対岸を眺め、玄蔵は微笑《ほほえ》んだ。多羅尾は、倉庫の屋根から、組屋敷街の端《はし》にある本多邸まで約一町と言ったが、実際にはその半分だ。半町（約五十五メートル）の距離でゲベール銃を使えば、女房が手に持ってかざす蜜柑《みかん》を、正確に撃ち抜けるだけの腕と度胸を玄蔵は持っている。

「中で話そう」

多羅尾に促され、玄蔵と良庵は整然と酒樽《さかだる》が積まれた巨大な蔵へと入った。夜陰の中から急に入ったので、淡い灯火にも目が慣れず往生した。強い醸造香が鼻を突く。清冽《せいれつ》だが甘い香りだ。入った右手が小上がりのようになっていて、畳が敷いてある。三人でそこに座った。

「半町か……一町はあるかと思ったが、意外と近いものだな」

多羅尾が感心したように言って月代《さかやき》の辺りを掻《か》いた。

「いやいや、半町だからと余裕で現場に来たら一町あった……それよりは余程いいでござるよ」

気働きのできる良庵が、多羅尾を慰めた。

「今夜はここで仮眠をとり、明朝は蔵人足を装い逃走経路を確認せよ。良庵、お前が玄蔵に付き添え」

「承知にござる」

「四つ（午前十時頃）前後に本多は、組屋敷の木戸から出てくる。そこをこの蔵の屋根から撃て」

「組屋敷の木戸（門）はこちらに向いてるんですかい？」

「うん、まさにこちらを向いている。裏に勝手口もあるにはあるが、いやしくも武家の当主が、正門以外から出入りすることはまずない。それよりお前、本多圭吾の顔は、ちゃんと覚えているな？　人間《ひとま》違《ちが》いだけは困るぞ」

「大丈夫、三度見てますからね」

鈴ヶ森で一回、筋違橋《すじかいばし》で一回、弾正橋際《だんじょうばしぎわ》で一回の計三回だ。それに勿論《もちろん》、開源が描《か》いた似顔絵もある。

「なんとかやりますよ」

「頼んだぞ」

その夜は他にすることもなく、翌朝の仕事を思えば酒も飲めず、早々に褞袍《どてら》を被《かぶ》り、三人並んで横になった。

「唐人《とうじん》は、なにしろ変わっているでござるよ」

良庵が、長崎通詞《つうじ》をやっていた頃に接した阿蘭陀《オランダ》人《じん》について、体形や習慣などを面白おかしく話してくれた。玄蔵の緊張を解《ほぐ》そうと、気を使ってくれているのだろう。笑っている内に、いつの間にか深い眠りに落ちた。

翌日は快晴だった。風もない。絶好の狙撃日和《そげきびより》である。

まだ陽《ひ》が上り切らない内に、中尾仙兵衛がゲベール銃と火薬、火縄、弾丸を持ってきてくれた。

ゲベール銃を持って蔵の屋根に上り、本多邸の木戸を確認した。早朝の風に潮の香が強く漂った。

前夜に見た通りで半町（約五十五メートル）あるかないかの近間《ちかま》だ。むしろ近すぎて、下手《へた》に鉄砲を構えると相手から見えてしまう。屋根の縁《へり》に伏臥《ふくが》して身を隠し、「伏せ撃ち」でいくことにした。伏せ撃ちは命中精度こそ高いが、次の動きに移り難く、猟場ではあまり使わない不慣れな撃ち方だ。

（ま、この距離なら、押し付けて撃つようなものだ。なんとかなるだろう）

良庵と逃走経路を確認して蔵に戻ると、千代が来ていた。図体が大きくよく目立つ開源は、今日も留守番らしい。

そうこうする内に、四つが近づいた。

多羅尾は、上野広小路での成功例に倣《なら》い、狙撃時には良庵と千代を標的の近くに配置することにしていた。二人は枇杷葉湯《びわようとう》売りの夫婦に扮して、亀島川の畔《ほとり》に天秤《てんびん》を置き商い中だ。枇杷葉湯は乾燥した枇杷葉、肉桂《にっけい》や甘茶を煮だした煎薬《せんちゃ》である。甘みが強く滋養がつく。朝の出がけにグイと飲み干し、精を付けて出かける男衆は多い。

(ふん。美男の良庵先生の女房役かよ。千代さん、まんざらでもなさそうだ)

──少し妬《や》けた。

「おい、出て来たぞ」

傍らで多羅尾が囁《ささや》いた。

木戸の奥の玄関に、着流しに羽織姿の本多圭吾が姿を現した。木戸から玄関まで、ほんの二間(約三・六メートル)ほどの距離だからよく見える。

(あの面、確かに本多圭吾だ。間違いねェ)

玄蔵は唾《つば》を飲み込み、息を一度ゆっくりと吐いてから、ゲベール銃を構え直した。

玄関に、ぞろぞろと家族が出てきて座った。還暦前後の老女は同心の母か、式台にひざまずく美貌《びぼう》の年増《としま》は御新造《ごしんぞう》だろう。前髪の少年とおかっぱの童女──四人が当主である同心を見送る格好だ。

(上が男の子で、下が女の子か……うちと一緒だ)

右腕の肘《ひじ》が、ピクピクと痙攣《けいれん》した。慌てて左手で擦《こす》ると震えはすぐに収まった。

「どうかしたのか?」

「いえ、なんでもないです」

多羅尾と短く小声で言葉を交わした。

女房子供に見送られて木戸を出た本多が大きく伸びをした。その眉間《みけん》に照準する。この距離だし、軽い撃ち下ろしだ。精密に弾道を計算せずとも、そのまま狙《ねら》って撃てば当たるはずだ。

（南無三……）

元目当《もとめて》（照門）と先目立《さきめて》（照星）と本多の眉間が一直線にならんだ刹那《せつな》——

「うッ」

また小刻みに右腕が震えだした。

（なんだ、どうした？）

大きな揺れではないが、照準ができない。先目当のさらに彼方《かなた》の本多の顔が、かすかに揺れている。こんなことは初めてだ。腕を擦るが、今度は収まらない。

「な、なぜ撃たん！」

多羅尾が焦《じ》れて囁いた。

「て、手が震える。力も入らん」

手だか指だか、なにしろ先の方がカタカタと震えている。

「なんだと⁉」

「手の震えが止まらないんだ！」

玄蔵が、低い声でうめいた。

本書は、ハルキ文庫（時代小説文庫）の書き下ろし作品です。
企画協力　アップルシード・エージェンシー

時代小説文庫
い 26-2

殿様行列《とのさまぎょうれつ》 人撃《ひとう》ち稼業《かぎょう》㊁

著者 井原忠政《いはらただまさ》

2023年5月18日第一刷発行

発行者 角川春樹

発行所 株式会社 角川春樹事務所
〒102-0074 東京都千代田区九段南2-1-30 イタリア文化会館

電話 03(3263)5247[編集] 03(3263)5881[営業]

印刷・製本 中央精版印刷株式会社

フォーマット・デザイン&シンボルマーク 芦澤泰偉

ISBN978-4-7584-4558-0 C0193

http://www.kadokawaharuki.co.jp/[営業]
fanmail@kadokawaharuki.co.jp[編集] ご意見・ご感想をお寄せください。

井原忠政

人撃ち稼業

時は天保十二年。丹沢で熊獲《と》り名人と呼ばれている玄蔵《げんぞう》は、恋女房の希和《きわ》とふたりの子どもと共に幸せに暮らしていた。そんなある日、御公儀徒目付《ごこうぎかちめつけ》の多羅尾《たらお》と名乗る武士が突然玄蔵の元にやって来て、「お前、江戸に出て武家奉公をしてみないか」という。どうやら己の鉄砲の腕が欲しいらしい。とんでもないと断ろうとした玄蔵だが、「お前の女房は耶蘇《やそ》なのか」と脅され、泣く泣く多羅尾と共に江戸へ……。孤立無援の玄蔵を待ち受けている苛酷な運命とは!? 人気作家による、手に汗握る熱望の書き下ろし時代小説、新シリーズ。

今村翔吾

くらまし屋稼業

万次と喜八は、浅草界隈を牛耳《ぎゆうじ》っている香具師《やし》・丑蔵《うしぞう》の子分。親分の信頼も篤《あつ》いふたりが、理由《わけ》あって、やくざ稼業から足抜けをすべく、集金した銭を持って江戸から逃げることに。だが、丑蔵が放った刺客たちに追い詰められ、ふたりは高輪の大親分・禄兵衛の元に決死の思いで逃げ込んだ。禄兵衛は、銭さえ払えば必ず逃がしてくれる男を紹介すると言うが――涙あり、笑いあり、手に汗握るシーンあり、大きく深い感動ありのノンストップエンターテインメント時代小説、第1弾。

（解説・吉田伸子）続々大重版！

仁木英之

我、過てり

武田信玄《たけだしんげん》を三度退けた男、村上義清《むらかみよしきよ》。豊臣秀吉《とよとみひでよし》にも怖れを見せなかった東北の雄、伊達政宗《だてまさむね》。狒々《ひひ》退治で勇名を轟かせ、講談にもなった伝説的豪傑、岩見重太郎《いわみじゅうたろう》（薄田兼相《すすきだかねすけ》）。鎮西一と称された英雄、立花宗茂《たちばなむねしげ》。強大な敵を前に、一度は勝利を摑んだはずの戦国武将たち。だが彼らは何かを過り、敗北した。その理由は、何だったのか。それは、しくじりから教訓を得た彼らの再起への道程でもあった！戦国武将の苛烈な生きざまが胸に迫る、傑作短編集。

ハルキ文庫